THE NUMBER ON MY FATHER'S ARM

RODOLFO ALVARADO

PIÑATA BOOKS
ARTE PÚBLICO PRESS
HOUSTON, TEXAS

Piñata Books are full of surprises!

Piñata Books
An imprint of
Arte Público Press
University of Houston
4902 Gulf Fwy, Bldg 19, Rm 100
Houston, Texas 77204-2004

Cover illustrations by Mora Des!gn Group
Cover design by Mora Des!gn Group

Names: Alvarado, Rodolfo, author. | Ventura, Gabriela Baeza, translator. |
Alvarado, Rodolfo. Number on my father's arm. | Alvarado, Rodolfo.
Number on my father's arm. Spanish.
Title: The number on my father's arm / by Rodolfo Alvarado = El número en
el brazo de papá / por Rodolfo Alvarado ; traducción al español de Gabriela
Baeza Ventura.
Other titles: Número en el brazo de papá
Description: Houston, Texas : Arte Público Press, Piñata Books, 2020. |
Audience: Ages 10-15. | Audience: Grades 7-9. | In English and Spanish. |
Summary: After years of wondering about his father's terrifying nightmares
and strange tattoo, seventeen-year-old Tomás discovers that Papi was not
only deported as a child, he is a World War II veteran and Holocaust
survivor. Includes facts about Anthony Acevedo, the first Mexican American
to register as a concentration camp survivor, on whose life the story is based.
Identifiers: LCCN 2020032031 (print) | LCCN 2020032032 (ebook) |
ISBN 9781558859012 (trade paperback) | ISBN 9781518506192 (epub) |
ISBN 9781518506208 (kindle edition) | ISBN 9781518506215 (adobe pdf)
Subjects: LCSH: Acevedo, Anthony Claude, 1924-2018—Juvenile fiction. |
CYAC: Acevedo, Anthony Claude, 1924-2018—Fiction. | Holocaust
survivors—Fiction. | Mexican Americans—Fiction. | Fathers and sons—
Fiction. | Spanish language materials—Bilingual.
Classification: LCC PZ73 .A493517 2020 (print) | LCC PZ73 (ebook) |
DDC [Fic]—dc23
LC record available at https://lccn.loc.gov/2020032031
LC ebook record available at https://lccn.loc.gov/2020032032

Printed in the United States of America
August 2020–September 2020
Versa Press, Inc., East Peoria, IL
5 4 3 2 1

J

"*Oh, the story a life tells.*"

—The dying words of Anthony Acevedo

*Dedicated to the loving memory of Anthony Acevedo,
the first Mexican American to register
as a Concentration Camp Survivor*

Table of Contents

CHAPTER 1

Cries and Screams

The earliest memory I have of my father, Eliseo—a man I call Papi—happened thirteen years ago when I was four years old. I was sound asleep when I heard him screaming, "*¡Agáchate!* Get down! They're shooting! *¡Están disparando! ¡Agáchate!* Get down!"

Papi's loud, painful cry shook me from my sleep. Was I dreaming? Was I awake? I didn't know. Terrified, I ran to my parent's bedroom.

The bedside lamp was on, and my mother and father were sitting up in bed surrounded by the light's warm glow. Papi was holding my mother by the arm, screaming, "Stop running! Stop! *¡Deja de correr! ¡¿Me oyes?! ¡¿Me oyes?!* You hear me?! You hear me?!"

"Eliseo," my mother urgently begged him, "wake up. *Despiértate. Estás soñando.* You're dreaming."

Starting to shake, Papi pleaded, "Don't die! *¡No te muevas!* You hear me?! You hear me?! *¿Me oyes? ¡¿Me oyes?!*"

The terror in his tone caused my mother to cry, "Eliseo, Eliseo, it's okay. It's okay! *Todo está bien. Estoy aquí.* I'm here! I'm here!"

Papi stared into her eyes repeating her name over and over, "Rosa, Rosa, Rosa," like he was trying to figure out if she was real or a dream.

"*Sí*, Eliseo," my mother desperately tried to convince him, "it's me, it's me. *Soy yo*, Rosa."

Like a wind-up toy running out of power, Papi released her arm and, as he sank down in bed, and turned on his side, his cries became softer and softer until they faded away, completely. My mother pulled the blankets up to his shoulders, then ran her hand up and down his back, like she was petting a kitten.

It's strange, but I don't know what happened next. What I do remember is a few weeks later Papi's cries and screams woke me up in the middle of the night for a second time. Terrified, I had jumped out of bed and stepped into the hallway, when the light came on and I heard my mother's voice calling from the end of the hallway. "Tomás. Tomás, it's me, Mami."

I ran to her, crying, "Mami, Mami, I'm scared."

I remember her kneeling down, her face close to mine, and the sound of her calming voice saying, "Don't be afraid, Tomás. Papi just had a bad dream, that's all. *Todo está bien.* Everything's okay."

She embraced me and I felt her warm body against mine, as she softly said, "Papi wants a glass of water. You want to be a big boy and help me get it for him?"

Afraid to be alone and eager to help, I quickly answered, "Yes, Mami. I do. I do."

"Okay, but we'll have to be quiet. Can you do that for Mami?"

"Yes, I can. I promise."

I watched her fill a glass and felt like a big boy as I carried the glass to their bedroom without spilling a single drop. I remember she asked me to hand her the glass in the doorway, saying, "Wait here, *m'ijo*. I think Papi fell asleep."

Stepping up to my father, she gently touched his shoulder. Without saying a word, Papi sat up, took a drink and laid back down. Mami set the glass on the nightstand, whispering, "Goodnight, Eliseo."

Following her example, I wished Papi goodnight, too.

Closing the bedroom door behind her, my mother led me to my bedroom and helped me into bed. She asked if I wanted a glass of water, like Papi?

I answered, "No," and immediately asked, "Why was Papi crying and screaming?"

She said, "I don't know."

I tried, with all my might to make sense of her answer, but I couldn't, so I asked the question that seemed to make the most sense. "Did you ask him?"

"No," she said, "I didn't."

Her answer made no sense, either. So, I asked, "Why not?"

"Because," she said, "sometimes you have to let those you love tell you their secrets when they're ready, and not when you're ready to hear them."

Even more confused, I asked, "He has secrets? What?"

"Papi will tell us about his bad dreams when he's ready and not a day sooner."

I didn't understand why we needed to wait, so I asked, "Is it okay if I ask him?"

Without hesitation, she warned, "No, *m'ijo*, don't ask him. It'll just make Papi sad if he knows his dreams wake you up. But, you can pray for him, and if you want, we can pray for him together."

"Can we," I cried, "can we pray for Papi, now?"

"Yes," she said, "and if you want, you can lead us."

"Yes, Mami, I can pray."

We crossed ourselves and with conviction, I whispered, "Dear, God, this is Tomás. I'm praying for Papi. Please help his bad dreams to go away and for him to be happy. Amen."

Smiling, my mother congratulated me. "Beautiful, Tomás. *Muy bonito.*"

"Do you think God heard my prayer?"

"God," she assured me, "hears, and answers, all prayers."

"Mami, can I please have a glass of water?"

"Yes, *m'ijo*, of course you can . . . and if you want, you can come and help me."

"No, Mami," I said proudly, "I'm not afraid to be alone, because I'm a big boy!"

She gently poked my nose with her finger and said, "Okay, my big boy, I'll be right back."

I listened to her fill a glass with water and watched as she handed me the glass. I took a sip, and she set the glass on the nightstand. She gave me a goodnight kiss, tucked me in and whispered, "Goodnight, Tomás."

As she walked out of my room, I whispered back, "Goodnight, Mami," then snuggled down deep in my bed, closed my eyes and fell fast asleep.

CHAPTER 2
Best Friends

Three years passed. I was now seven and Papi was thirty-two. Spring had arrived which meant it was time to get started on our family's garden, something Papi and I had done together for as long as I could remember. Outside of working in the garden, Papi and I loved nothing more than going to the theatre to watch war movies. The year was 1956, and war movies were very popular.

There we were, working under a sunny Southern California sky, when Papi asked if I'd liked the movie that we'd seen the night before. The movie he was talking about, *To Hell and Back,* was a World War II film based on the life of Audie Murphy, a US soldier and real-life war hero who starred as himself in the movie.

"Yeah, Papi," I answered, "I liked it a lot."

"What was your favorite part?" he asked.

Pretending my hoe was a machine gun, I held it up and said, "When Audie Murphy jumped up on the burning tank and fired the tank's machine gun, rat-a-tat, at the Germans until his men reached the forest."

"And yours, Papi, what was your favorite part?"

"At the end, when Audie Murphy was awarded the Medal of Honor, and instead of thinking of himself, he thought about his buddies who died in battle."

I was forming a new row through the middle of the garden. I agreed: "Yeah, I liked that part too, but only a little." I was about to confess that I was joking, that I loved the entire movie, but before I had a chance, Papi asked, "Did I ever tell you I was in World War II?"

His question surprised me. He'd never told me about his being in the war.

"No," I eagerly said, then asked, "Did you know Audie Murphy?"

Grinning, he said, "No, I never had a chance to meet him."

Excited, I asked, "Did you have a machine gun, drive a tank? Shoot Nazis?"

His grin grew as he shook his head slightly and answered, "No, I was a medic."

Thanks to the war movies I'd seen, I knew exactly what a medic did. I knew the exact question I wanted answered next.

"Did you ever save a soldier's life?"

"I tried," he said, and his face went from being happy to sad. "I tried to save my best friend's life, but

I couldn't. He died in my arms. His name was Murray Gluckman. He was a medic, like me."

"Were you and Murray best friends growing up?"

"No, we met while training to be medics."

"Did it make you sad, Papi, when your best friend died?"

"Oh, yeah," he said quietly, "it was a sad day, for sure."

Wanting so desperately to say the right thing, I asked, "Do you miss him?"

"Yes," he said, "yes, I do, every day."

He took off the straw hat he used when gardening and wiped his brow. "Are you ready to take a break, drink some water?"

"Yes," I answered and, as he turned to walk out of the garden, I shouted, "¡Uno, dos, tres calabaza!"

He instantly froze in his tracks.

We were playing the Mexican version of Red Light, Green Light. I'd win sometimes, and he'd win sometimes, but most of the time he'd let me win by tipping over like a statue some kid pushed over.

We'd leave each other frozen for a good ten seconds, which meant that on this particular day it took us roughly five minutes to reach the water hose. When we did, we not only took a drink, we also had the biggest water fight in the history of water fights.

You'd think us standing there sopping wet or my father telling me he'd been a medic in World War II would've been what I remembered most about the conversation that changed my life forever. It wasn't. What I recall most clearly about that day was feeling like I knew the secret behind my father's cries and screams at long last. It was a discovery I shared with my mother later that night as she wished me good-night.

"I know," I whispered, "why Papi cries and screams."

Sitting on the edge of the bed beside me, she asked, "Why?"

"Because," I answered, "when he was in the war, he tried to save his best friend's life, but he couldn't. He died in Papi's arms."

Mami sat quietly, like maybe she had her doubts.

"Do you think I'm right?"

"Yes, I think you are," she said and asked, "Tomás, will you please do me the favor of letting me know if Papi ever tells you another story about his being in the war?"

"Sure, Mami."

"Promise?"

"Yes, I promise."

CHAPTER 3

The War

Five years passed. The year was now 1961. In all that time Papi never again told me a story about being in the war. I was now twelve years old and in seventh grade. For two days my class had been studying World War II. My classmates and I were excited because most of our fathers had fought in the war and three of my classmates' uncles had died in the war.

On this particular day, our teacher, Mrs. Franklin, used slides to teach us about Adolf Hitler and the Holocaust. She showed us slides of Hitler standing in front of giant Nazi flags while thousands of people saluted and cheered, as well as pictures of Auschwitz and Bergen-Belsen,

"That's the concentration camp where the young author of the book we'll be reading died," she explained.

Next, she showed slides of Jewish people being herded into boxcars and of them as prisoners standing behind a barbed-wire fence. They were terribly skinny, and their eyes were too large for their small, shrunken heads. They stared straight ahead like they were lost and needed help. On the front of their striped shirts, over their hearts, was a symbol the teacher called the Star of David, it looked like an upside-down triangle on top of another triangle that was right side up, forming a star with six points.

That slide was followed by one of a dark-haired, determined-looking teenager, who Mrs. Franklin said was named Anne Frank. In order to learn about the Holocaust, we'd be reading her book, *The Diary of Anne Frank*.

"Anne" she said, "was a Jewish girl, who, along with her family, lived in hiding to escape being captured by the Nazis. They were successful for two years, but in 1944 were taken prisoners. All of Anne Frank's family died in concentration camps, and she died of typhus in the Bergen-Belsen concentration camp in 1945. The only member of her family to survive was her father, Otto."

"Anne Frank," she added, as she wrote the number on the blackboard, "was one of the over 6,000,000 Jews murdered by Nazis." Then she showed a slide of someone's arm. "The prisoners in the concentration camps were forced to have numbers tattooed on their arms," she said. "Camp guards didn't use their names, only their numbers."

Without thinking, I raised my hand, and before Mrs. Franklin called on me, I blurted out, "My father has a number like that on his arm, too!"

Thinking I was joking, all my classmates, except one, burst out laughing.

All of a sudden, Mrs. Franklin became upset. "Tomás," she snapped, "the Holocaust is nothing to joke about."

Defending myself, I fired back, "But I'm not joking."

"That's enough," she insisted.

"But I'm not joking," I said again.

"Not another word, Tomás."

"But . . . "

"That's it," she said, as she wrote my name on the blackboard. "See me after school. You understand?"

It was an order resulting in most of the class letting out a unified, "Oooh."

I muttered, "Yes, ma'am, I understand."

When we were alone after school, Mrs. Franklin asked, "Why did you make up a story about a number on your father's arm?"

"I didn't," I said. "I've seen the number on his arm for myself."

Frustrated, she said, "But he's Mexican American. There were no Mexicans or Mexican Americans in concentration camps . . . so there's no way the number was put there by Nazis. There must be another explanation."

Seeing no other way of getting her to believe me, I offered to ask my father.

"Okay," she said, "you can ask him. But I want you to report his answer to me first thing in the morning. Do you understand?"

Feeling defeated, I answered, "Yes, ma'am."

"And, next time you have something to say in class," she cautioned, "please wait to be recognized before you start talking."

"Yes, ma'am, I'm sorry."

Mrs. Franklin accepted my apology, then said I was free to go.

Upset, I rushed out of the classroom and down the hallway. I couldn't wait until the next day when I could tell her, and those who had laughed at me, "See, I wasn't lying. My father was in a concentration camp, and he's Mexican American."

As I worked to unlock the combination lock on my bike, I suddenly realized what the significance of the number of my father's arm meant. If it was put there by Nazis, it meant he had been a prisoner in a concentration camp. And if that were true, was he among the prisoners herded onto a cattle car or standing behind the barbed-wire fence looking starved and lost? More important, was being a prisoner in a concentration camp the real reason for his cries and screams in the middle of the night?

One by one, questions like these kept flooding my mind, until I heard someone calling my name. It was Jessica, the only person who hadn't laughed when I told our class about the number on my father's arm.

"I want you to know," she said, as she dialed the combination lock on her bike, "that I believed what you said about the number on your father's arm."

"Thanks, Jessica. Uh . . . you think it was fair for Mrs. Franklin to keep me after school?"

I figured she'd say, yes. But the truth is, I was working up the nerve to ask her if we could ride home together. Jessica lived two blocks from me, and to be completely honest, I'd had a crush on her since kindergarten.

We'd been riding bikes to school since we'd started middle school. I'd say, "Hi there," every once in a while, but I'd never been brave enough to say more than two words to her at the same time. Now, the time was right. It was now or never.

"So," I asked, "are you going home?"

"Yeah, and you?"

Trying my best to sound bored by the entire ordeal of riding a bike , I shrugged my shoulders and flatly answered, "Yeah, me too."

"You wanna ride together?"

"Ride together? Ride together? Yes!" I wanted to shout. "Yes, of course, I do!" But, I didn't. Instead, I played it cool. "Sure, why not, I was riding in your direction anyway."

I rode with Jessica all the way to her house, and when we got there, I asked if I could ride with her again the next day.

She said, "Yeah, I'd like that very much."

So, the next day, and for the rest of the school year, I rode my bike home with Jessica Christina García, who was the smartest and cutest girl in the entire school.

CHAPTER 4
Lucky Number

Ever since I was a little boy, Papi had claimed the number on his arm was his lucky number, and I believed him. But that was then, and this was now. I wasn't a baby anymore. I was twelve. So that evening, over dinner, I told my parents about the slides Mrs. Franklin had shown the class and passed around my copy of Anne Frank's diary. I asked if they'd read it. They both answered no. Then, when I thought the time was right, I asked my father where the number on his arm had really come from.

"I already told you," he said, "it's my lucky number."

"But, Papi," I insisted, "it looks just like the slide Mrs. Franklin showed us of a number tattooed on the arm of a Jewish prisoner."

"Tomás," my mother cautioned, "that's enough."

Pointing to his arm, Papi said, "My lucky number has nothing to do with concentration camps or Nazis.

It's my lucky number, and that's all there is to it. Do you understand?"

I answered, "Yes, sir, I do." Then I got an idea: "Can you talk to my class about when you were in the war?" It was something some of the other fathers had already done.

"Tomás," my mother said sharply, "that's enough. Now eat your dinner."

I did as I was told, while my father did nothing but sit quietly.

"Eliseo," my mother asked, "would you like some more tea?"

"No, Rosa," Papi said quietly, "I'm okay."

My father didn't say another word for the longest time. He didn't even touch his food or take a drink. He just sat frozen like he was playing *Uno, dos, tres calabaza*.

Finally, after a few minutes, he said, "No, Tomás, I cannot go to your class and talk. The war is something I cannot talk about. Do you understand?"

"Yes, sir," I said, "I understand."

"Now, I never want to hear another word about the war or my lucky number. Do you hear me?"

"Yes, sir," I said, "I hear you."

Papi took his napkin from his lap and covered the food on his plate. Then he said, "The two of you, please, enjoy the rest of your dinner." He stood up and walked out the front door.

Right after he closed the door behind him, I turned to my mother, who by now was glaring at me.

"But, Mami," I pleaded, "it's just like the number on the arm from the slide Mrs. Franklin showed us. I promise."

To my surprise, my mother agreed, sort of. "I know, but your father says it has nothing to do with the war."

"And you believe him?"

"Yes, I do," she answered firmly. "I didn't know your father before the war . . . so, I don't know if the number was there before he left. I only met him after he had come back. I asked if the number had anything to do with the war, and he said, no. I believed him then and I believe him now. All I can say is your father will tell us about the number on his arm when he's ready, and not a day sooner."

"That's what you said about him telling us why he cries and screams, and now this? Why, Mami, why don't we just ask him?"

I waited a few seconds for her to answer, but she sat there acting like it was her turn to be frozen.

Upset, I asked, "How can you do it? How can you just sit there and do nothing, say nothing? Just keep listening to his cries and screams and pretend like the number on his arm wasn't put there by Nazis? How can you do it, Mami? Don't you love him? Don't you care?"

I gave her a chance to answer, and when she didn't, I ran to my room and slammed the door behind me. It was the first time I'd ever gotten angry with my mother. As I think back on it now, it was also the first time I'd been mad at the world.

"Papi," I remember thinking, "is nothing but a big fat liar, and Mrs. Franklin a sorry piece of no-good nothing for saying I made up the number on Papi's arm. . . and my classmates are a bunch of losers for laughing at me!"

I was thinking about how I never wanted to see any of them ever again, when my mother knocked on my door.

"Tomás, can I come in?"

"I'm busy," I answered. "Can you come back later?"

"You left your book on the table."

Moaning, I said, "I'll get it later, all right?"

"I have something to show you."

"What?"

"Something that belongs to your father."

"What?"

"His box of wartime memories."

I wanted to say, no, but I couldn't. She had my curiosity up, just like she knew she would. Sitting on my bed, trying to sound disinterested, I whined, "Okay, come in."

She walked in holding a metal box about the size of a shoebox. On top of it was my copy of Anne Frank's diary. She handed me the book, then sat down beside me. She opened the box and pulled out three black and white photographs.

"Are those his?"

"Yes. They're of your father and some of his buddies."

"Is Murray in one of them?"

Handing me one of the photographs, she said, "Yes, this is him and Papi when they were training to be medics."

Murray and Papi appeared to be brothers, twins, even. They were tall, had dark hair, bright, shiny teeth and were dressed in white lab coats.

"Murray," she said, "was Jewish."

"Like the Jews Hitler killed?" I asked.

"Yes," she answered. "He was nineteen when he met your father and twenty when he was killed during the Battle of the Bulge."

Turning her attention to the next photograph, she said, "This one is of Papi and his buddies on the day they shipped out."

My father and his buddies were all dressed like soldiers, with two exceptions: my father and Murray were the only ones wearing helmets and armbands with the red cross inside the white square.

Handing the photograph to her, I said, "I'm sorry for the way I talked to you at the table."

"It's okay," she said. "It's okay."

I remember how it made me feel funny, her saying it was okay. Like I'd had a bad dream and she was having to take care of me like she did my father.

"Can I go through the rest of Papi's memory box by myself?"

"Yes, but I want you to be careful with what's in there and to put everything back the way you found it."

"I will, I promise."

"And if your father comes into your room, make sure you tell him I gave you permission to go through it. Okay?"

"Okay," I assured her, "I will."

Before leaving, she put the photographs back inside the box, closed the lid, then handed it to me. "I love you, Tomás," she said.

"I love you too, Mami," I said as she walked out of the room and closed the door behind her.

Alone with my father's wartime memory box, I sat on the floor beside my bed. Before opening the box, I prayed something in there might explain the number on Papi's arm, once and for all.

CHAPTER 5

Wartime Memories

I pulled the three photographs my mother had shown me from the inside of Papi's wartime memory box: my father and Murray, my father with his buddies and my father with another soldier. The back of this last photograph read, "Me and 'The Norm.'" He was also dressed in a white lab coat and smiling for the camera. "The Norm" was taller than my father and could've passed for his cousin.

I placed the photographs on the floor beside me, but just for a second, because I'd forgotten to check them for the number on my father's arm. I lifted them up and looked carefully. His arm was covered in all three photographs.

Inside the box, items were stacked in a pyramid shape from the smallest at the top to the largest at the bottom. On the top was a pocket-sized Bible. On the inside of the Bible's cover Papi had written his name and address, and underneath that, "Arturo y Carmen Acevedo." Carmen was my father's step-mother. His real mother, Esmeralda, was a medical doctor who had passed away in Mexico long before I was born. Underneath his parents' name, he'd written, "Co. B, 275th Regiment, 70th Infantry Division."

Next in the box was a white pamphlet titled, "Pocket Guide to France." On the pamphlet's inside cover my father had written his name and division details. He'd also written "U.S.S. West Point, December 1944." It was, as I learned years later while researching my high school senior thesis, the month and year Papi had shipped off to war and the name of the ship he'd traveled on. Folded underneath the pamphlet was an article dated, "Sunday, January 14, 1945." It was titled, "Youthful Courage, and Sacrifice, Won Epic Battle of Belgian Bulge." I read the piece, then I wondered if my father had saved any of the soldiers mentioned and if those who had died were also part of the reason for his cries and screams.

I was about to lift the next item out of the box, when Papi knocked on my door and called, "Tomás, Tomás."

Not sure of what he'd say about me going through his box, I piled everything inside it and shoved it under my bed, then answered, "Yeah?"

"It's Papi, can I please come in?"

After a final check to make sure all was hidden, I took a seat at my desk and said, "Sure, come on in."

My father cracked the door open. "I just wanted to say I was sorry for getting upset."

"It's okay," I said. "It's not a problem."

"Do you have a minute?"

I quickly answered, "Sure, come in, Papi."

He stepped into my room and took a seat on my bed. "Tomás, when I was in World War II," he started, "I witnessed and heard some things that caused me great pain, but I want you to know the number on my arm has nothing to do with being in a concentration camp or Nazis."

I wanted to say, "Okay, if it has nothing to do with those two things, then where did the number come from?"

Before I could, he added, "I can't tell you where it comes from right now, but someday, when you're older, I'll tell you about the number and why it's on my arm . . . but I can't right now. Okay?"

I answered, "Okay . . . if you promise to tell me sometime."

"Yes," he said, "I promise."

My father stopped talking and stared at me. Then his body started to shake as he reached out to me.

I raced into his arms and said, "I'm sorry for asking you about the number on your arm and for asking you to talk to my class."

My apology didn't stop him from crying. If anything, it made it worse.

Hearing him cry, my mother stepped into the room. She asked if he was okay?

Getting no answer, she stood still for the longest time until she finally said, "Eliseo, come and finish your dinner. We can go for a walk after you're done."

It wasn't until my father and mother walked out that I pulled the box out from under my bed. I laid what I'd already seen in front of me, then pulled out the last item in the box.

It was a map with the heading, "The Battle of the Bulge." Scattered on the map were arrows pointing in all directions and dashes, thick and thin, running up, down and sideways, the names Germany, Belgium and France in bold letters.

On the back of the map my father had drawn his own map. A series of five straight lines about five inches long. There were these little x's on the lines and a larger x stood by itself on one corner of the map. It didn't say what it was a map of. It didn't have to. I recognized the map from one of the slides Mrs. Franklin had shown us. It was a map of a concentration camp, and each x was for the barracks where prisoners were held. The larger x was where the camp's headquarters was located.

The map proved my father had been a prisoner in a concentration camp. More importantly, the map proved the number on his arm had been put there by Nazis.

Sitting there thinking about the map and what it revealed, I realized it came down to one question, and one question only: *Did I believe my father when he told me the number on his arm had nothing to do with Nazis?*

I folded up the map and placed it back in the memory box. On top of it I placed back all the memories that had come before. I offered a prayer to those in the photographs and recited a special prayer for Murray Gluckman. As I closed the box, I made the decision to follow my mother's advice, to respect my father by trying to believe him, even if I felt suspicious.

The next day I apologized to Mrs. Franklin. She said I was forgiven for thinking my father could've ever been a concentration camp survivor. I did make sure however, that she understood my father had been a medic in World War II and that his best friend, Murray Gluckman, had died in his arms.

When school was over, I also apologized to Jessica. She said I didn't have to because friends, *real* friends, didn't have to apologize for saying something they thought was the truth. I thanked her and asked if she'd like to come over to check out my father's wartime memory box.

She smiled and said she'd like that very much. "And if you want," she added, "we can also work on our book report about *The Diary of Anne Frank*."

"Yeah," I said, "I'd like that, I'd like that very much."

CHAPTER 6
The Treasure Map

From the time I was twelve until I was a senior in high school, the subject of the number on my father's arm never came up at home. The year was 1966. I was seventeen years old. My father was forty-one. I'd been accepted into UCLA and owned a car, so life was good. After two years of junior varsity football, I'd finally made varsity. I balanced what I liked to call the "jock-side" of my life with being on the school's debate team or my "nerd-side."

Jessica, yes, the same Jessica from seventh grade, and I had been going steady since sophomore year. She was a cheerleader and a math whiz. She'd been accepted to UCLA, too. We couldn't wait to graduate, but we were also nervous because we didn't know what the future held for us. What if we met somebody new? What if one of us, God forbid, didn't make the grade and had to drop out? The whole discussion, whenever it came up, drove us crazy, so we'd decide to let it go because we had better things to do, like getting through senior year.

I tried not to think about my future with Jessica, but sometimes I just got to thinking about her, and about things in general, so much that they didn't leave me alone until I thought them all the way through. For example, a couple of days ago, I was outside watering the garden, when I found myself thinking about my senior thesis on the Battle of the Bulge. I'd presented my early findings to my class and to my history teacher, Mr. Fox. During the discussion, I accidentally mentioned that my father had been a medic during that particular battle.

Somewhat confused, Mr. Fox asked, "So your father was a medic during the Battle of the Bulge?"

I answered, "Yes."

Then he asked, "So why haven't you interviewed him for your paper?"

Good question. So, there I was watering the garden and thinking about Mr. Fox's question, which led me to think about asking Papi for an interview. And that led me to think about when the best time would be to ask him, which soon gave way to thinking about me and Papi working in the garden and playing *Uno, Dos, Tres Calabaza*. That led me to start freezing and unfreezing and letting myself fall like a statue, which in turn led me to laughing and dusting myself off. Then, I noticed something I'd never noticed before, ten rows with sticks marking the different vegetables and herbs we'd planted, but for some reason I remembered five, five rows—or was it lines? Five lines? And, instead of sticks going down each row, there were x's going down a line, five lines! I immediately shut off the water and ran inside.

My mother was cooking dinner. She asked if I was okay, and I yelled, "Yeah, I'm cool!"

I hurried to my parent's bedroom and pulled out my father's wartime memory box from where he kept it underneath their bed. I took out the map of the Battle of the Bulge, then put the box back under their bed and casually headed back outside, so my mother didn't get suspicious.

When I got to the garden, I held up the map; not the side with the Battle of the Bulge, but the side with the five lines and the small x's. Wow, there it was: a map of our garden, and there too was the giant x on the map. It wasn't the Nazi headquarters of a concentration camp, it was a small section about two feet by two feet where nothing had ever been planted.

The question became why? Why hadn't we planted anything there? And why hadn't I noticed? My father must have buried something there. Something he wanted to hide?

I ran back inside and asked my mother if she knew when Papi was getting home from work? In about an hour, she said. Enough time, I thought, for me to determine if my hunch was right. I grabbed a shovel and dug down about two-and-a-half feet. I was about to give up, when all of a sudden, I heard a clunk. I dropped to my knees and dug with my hands until I uncovered a metal box. It was rusted and looked ready to fall apart at any second. I carefully lifted it out of the hole and was about to open it, when I thought I heard my father's car pull up. I ran to the corner of the house and stole a peek. Sure enough, it was him.

I filled in the hole as fast as possible, then put the shovel back in the garage. I was about to try and sneak the metal box into my room, when I thought to myself, Are you crazy?

In a panic, I opened the trunk to my car and placed the box inside my gym bag and zipped it up.

When I went inside, Papi asked if I'd watered the garden.

I said, "Yes, sir." Then, I told him I had homework to get to before dinner.

"Well, you better get to it," he said.

I did, eventually, but first I called Jessica and told her about my father's buried treasure. I asked her to come over, but she said she couldn't, that she had a trig test the next day she had to study for.

The nerd side of me promised Jessica I'd wait until after school the next day to open the box, but the jock side of me kept me up all night, saying, "Come on, steal a peek, Jessica won't know. All you have to do is act surprised when you open it in front of her. You can do that, right?"

I could've, but the nerd side of me won out. The treasure remained in the trunk of my car, untouched.

CHAPTER 7

Hidden Treasure

After school the next day, Jessica and I met at my car. The day couldn't have gone any slower. Jessica had done well on her trig exam, which was good for her. As for me, all I kept thinking about was my father's treasure until now. The trunk was open. The treasure was waiting.

I unzipped my gym bag, and as I took out the metal box, Jessica asked if I was ready?

"I guess," I answered, then hesitated.

"Are you okay?" she asked.

"I'm okay. It's just that I'm starting to feel bad about opening the box."

"Why?"

"My mother," I sighed. "I'm thinking about how she said Papi would someday tell us about his bad dreams when he was ready, and not a day sooner. But why should I wait, right? I mean, there's nothing in there that's going to surprise me. He might think he's fooling me, but he's not."

"So, you think he was lying when he said the number on his arm had nothing to do with being in the war?"

"I don't know, but maybe there'll be something in the box that'll answer the question once and for all."

"If your father did lie . . . Did you ever stop to think he might have a good reason for lying?"

"What are you saying? That he wants to protect me? Well, I'm about to be eighteen . . . I think I can handle whatever's in there."

"All I'm saying is, maybe you ought to think it over for a few days . . . just to make sure you're ready to go through with it."

I was going to argue, but I knew Jessica was right. I put the treasure back in my gym bag, zipped it up and closed the trunk. Then we left.

Over the next few days, I thought about what she'd said. In the end, I decided I'd open the box by myself. Then, I thought, what if I discovered something in there so bad, that I had to keep it a secret from Jessica? *Keep a secret from her?* That was something I couldn't bring myself to do. I decided we'd open the box together. The plan we agreed on went like this: I'd pick her up. We'd drive to school, then open the box. The catch? We'd do all this without saying a single word.

Our plan was working to perfection until the moment of truth arrived and Jessica asked, "Are you sure you're ready?"

"I am," I answered. "I really am."

I opened the trunk, unzipped my gym bag and took the box out. I flipped the latch and opened the lid. The first thing I saw were a handful of medals. Thanks to the war movies I'd watched, I recognized the Purple Heart and the Bronze Star. The Purple Heart was awarded for a soldier who'd been wounded in battle and the Bronze Star for heroic action. There were also a handful of what I knew to be service ribbons: small rectangles with their own rainbow of colors, each signifying something of importance. Resting alongside the medals was a small cross made from a piece of palm frond.

"It's just like the crosses we make on Palm Sunday," Jessica said.

It was, exactly like the ones I'd seen my father fashion his entire life, the ones he'd taught me how to make.

Under the medals and the cross was a medic's armband, what must've been my father's armband. I took it out of the box. The red cross on the band was faded, was barely even red. There were signatures all over it. Some almost completely faded, the names lost.

I set the armband down and carefully pulled an envelope out of the box. It was a letter, mailed to my father. It was from Norman Schultz. The return address showed that Mr. Schultz lived in Clarksville, Michigan.

"The Norm," I said.

"From the photo in your father's wartime memory box," Jessica added. "I remember."

I carefully opened the envelope's flap, pulled out the letter and read it out loud:

October 11, 1945

Dear Eliseo,

I hope this letter finds you and your Mrs. well. My wife and children are keeping me busy. I've been doing some painting in the house. Seems like you finish one thing and there's something else needs doing.

I received your letter dated September 2, 1945. It was good hearing from you, *amigo.* Good to know you're doing well.

I've had a hard time forgetting the camp, too. Nightmares, the sweats, I get it too. They have me talking to a shrink. It helps, but some things, I guess, just take time to forget. Maybe you need to get yourself a shrink, too.

I told my wife right off the bat about being a POW. She keeps asking me questions about it. I guess she's just wanting some details. I told her a few but kept all the really bad things that happened to us to myself.

It's hard. Hard to keep secrets, but I guess we're bound to it. Bound to it for life. We made that agreement, and I'm bound and honored to keep it. I hope you can still say the same. Well, I gots to get going. Need to pick up some brushes, some paint thinner. You write me back whenever you get a chance.

Your best bud,
The Norm

Shocked, I managed to say, "My father and 'The Norm' were prisoners of war."

"October 11, 1945 to now," Jessica pointed out, "that's over twenty-two years."

I couldn't believe it. My father had kept his being wounded in action and his being a hero a secret. If those things weren't enough, he'd also kept the fact that he was a prisoner of war a secret from me and my mother all this time.

"Are you okay?" Jessica asked.

Placing the letter back in the envelope, then in the box, I decided, right then and there, that I was done waiting for my father to tell me his secrets.

"Yeah," I said, "I'm all right."

"What are you going to do?"

"What do you think I'm going to do? I'm telling my mom."

Jessica didn't say another word. I knew that meant she thought telling my mother was a bad idea.

"Maybe," she finally suggested, "you need to keep it to yourself."

"Just keep it a secret?"

"If you tell your mom, then what? What'll come next?"

"We'll talk to my father."

"So, he'll have to explain? Explain his being a prisoner of war? His medals? The cross? His armband? The letter?"

"Yes. He can get everything out in the open."

"And what if he's not ready to do that? What then?"

"He's not going to have a choice."

"You mean you won't respect the choice he's already made."

"Why, Jessica, why do I have to keep this a secret? All my life I've been wondering why he cries and screams at night. I thought it was because he'd seen his best friend die. Then, the number on his arm . . . and now this? God, Jessica, what am I supposed to do, just let it go? How? How can I?"

"You just do, that's all. You just let it go."

"And I wait, right? Wait for him to tell me? Wait for when the time is right?"

"Yes, yes, you do."

"And what if that time never comes?"

"Then it never comes."

"So that's it? Just like that? It's over?"

"Yes. Yes, it is. If you want it to be."

I suddenly realized, that it was now my turn to keep a secret. I didn't like what I was hearing. Yet, I knew, knew deep in my heart that Jessica was right.

"I'm still here," she assured me. "You're not alone."

I placed everything back in the box and said, "You're right, Jessica. I know you are."

She whispered, "Hug."

And so, we hugged. We held each other for the longest time. When the time was right, we kissed, then stared into each other's eyes. We knew, knew right then and there, that even if we went to UCLA and we didn't have any classes together, or didn't talk to each other on a daily basis, or even if one of us met someone new or flunked out, we didn't have to worry about losing each other, because ours was a love that lasts forever.

CHAPTER 8
My Mother's Suspicions

The next day, I buried the metal box back in the garden, but first I placed it inside a plastic container to keep it from decaying any further. Afterwards, I did my best not to think about my father's secret. It was hard to do, especially when I faced him at dinner or at church, and especially when we worked in the garden. Even harder was keeping the fact I knew he'd been a POW a secret from my mother. I had to tell her. I just didn't know how.

When I turned to Jessica for advice, she said exactly what I thought she'd say, "You just tell her."

"But, how do I do that?"

"You just do, that's all."

"That's easy for you to say."

"No, it's easy for *you* to say."

Resigning myself to the inevitable, I said, "It's going to hurt her."

"You might be surprised," Jessica advised. "She's probably a lot stronger than you're giving her credit for. I mean, she's lived with your father crying and screaming for a long time."

"Since before I was born."

"Maybe it's a good thing you found your father's treasure box, because now, you know your father's secret and you can share the secret with her."

Although I didn't want her to be, I knew Jessica was right. I didn't know how right she was until she said, "Wasn't it you who told her why your father cried and screamed when you were seven years old?"

She had a point. I smiled and held her in my arms. "What would I do without you?"

"Don't worry," she said as she kissed me, "that's something you're never going to have to find out."

The next day, I hurried home from school. It was a Thursday. My mother was in the kitchen preparing dinner. She asked how I was doing. I answered fine, could we talk?

"About what?" she asked.

"It's about Papi," I said. "There's something you need to know."

She set down the spoon she was using to see if the *frijoles* were done, and we walked into the living room and sat down.

"I don't know if you've ever noticed a hand-drawn map in Papi's wartime memory box."

"The lines and the x's?" she asked.

"You noticed them?"

"There's nothing in that box that I haven't noticed," she said.

"It was a map," I told her, "of our garden. A treasure map. The large x on the top of the lines, it marks a spot in the garden where I found another box of Papi's wartime memories. There were medals in there and a palm cross and Papi's armband when he was a medic. There was also a letter in there from his friend, 'The Norm.' It said in the letter that he and Papi were POWs."

My mother stood up, and as she walked down the hallway toward their bedroom, she said, "I'll be right back."

I heard her rummaging around in their bedroom and then watched as she walked back into the living room and handed me two pieces of paper: a Western Union telegram and a postcard. They were addressed to Papi's father, Arturo Acevedo. The telegram reported Papi missing in action, and the postcard had a single line scribbled on the back reading, "I love you, Eliseo." Underneath the message was a hand-drawn map: five lines with x's on top of each line and a single, larger x standing alone at the top right-hand corner of the lines.

"Papi's step-mother gave those to me after his father passed away."

Ever so slowly, the realization of what I was holding in my hands washed over me. "So you knew Papi was a POW?"

"I had my suspicions," she said, "but I didn't know for sure. Now, I think I do."

My first reaction to her keeping her suspicions to herself should have been anger, but it wasn't. I was learning that secrets were never revealed until the time was right.

"Papi's father," she said, "never told his wife about the telegram or the postcard. He kept them a secret. It wasn't until after he died that she found them. She never felt it was her place to ask Papi about them. She wanted me to have them so I could ask him when I felt I was ready."

My mom started to cry and, between sobs, said, "I never thought the time would ever come to ask him about these things. But now, thanks to you, Tomás, the time has come."

I held my mother for the longest time. It was my turn, at last, to take care of her. I whispered, "It's okay, Mami. *Todo está bien*. It's all right. I'm here."

I let her cry. When her shoulders dropped and the full weight of her body sank into my arms, I knew that she'd found freedom from the past.

"Do you remember," she whispered, "when you were little, and you asked if I knew why Papi cried and screamed?"

"I do," I answered. "I remember."

"Do you remember what I said?"

"You said you didn't know."

"Yes, and then you asked if it was okay if you asked him. And I said, no. I wish I would've said, yes."

"I was a little boy, Mami, too little to ask such a grownup question."

She held me tighter and whispered, "I don't know what I'd do without you."

"Don't worry," I said, "because that's something you and Papi are never going to have to find out."

CHAPTER 9
The Interrogation

Over the next two days, my mother and I came up with a plan for how we'd tell Papi we knew he'd been a POW. I'd bring up the subject of World War II by talking about my thesis. Then I'd ask Papi if I could interview him and if he'd consider talking to my class about his experiences in the war. Then we'd work our way to telling him that we knew about his being a POW.

So there we were on an early Saturday morning, me, Papi and Mami enjoying a breakfast of *huevos rancheros con papitas y frijoles* and freshly made tortillas, with a bowl of chili verde on the side. Just as Mami and I had planned, we were talking about this and that, and when the time was right, I brought up my thesis. We discussed the subject for a few minutes. Then I asked Papi if I could interview him.

My mother and I thought he'd say no, or at the very least say he'd think about it. Surprisingly enough, he said, "Yes," right away, and added, "When do you want to talk?"

Shocked by his answer, I said something really stupid and formal, like, "Thanks. I appreciate it. Monday evening sounds perfect."

Thankfully, my mom said something we hadn't even planned: "Is it okay if Tomás takes your wartime memory box to show his class?"

"That's a great idea, Mami," I added in support. "I know my class would appreciate it, and Mr. Fox would flip over it. What do you say, Papi?"

"Sure," he answered.

My mother offered a professorial sounding, "Hum," and added, "I've got a better idea . . . Why don't you talk to Tomás' class about your wartime experiences in person?"

This time, he set down his fork and, instead of saying, "Yes," as quickly as before, it took him a few seconds before he said, "No, I don't have anything to say."

"You can tell them about being a medic," my mother quickly suggested.

"Or about your trip across the Atlantic Ocean to France," I added.

"Or your friends," my mother offered.

"Or coming home after the war," I said.

"See," my mother said, "there's a lot you can talk about."

"No," my father said, "I couldn't tell them anything they can't learn from a book."

He returned to eating, while I presented the argument that a book was nothing but words, while he was a living, breathing person who'd actually lived through WWII. He sat listening and eating, and I was about to argue my next point, when my mother excused herself from the table, saying, "I'll be right back."

She was executing Plan B, our contingency plan, the one we'd agreed to follow when all else failed. She came back into the dining room and handed Papi the telegram and postcard she'd shown me a couple of days earlier.

"Maybe," she said, "you can talk to them about these."

Papi looked over the pieces of paper and then raised his eyes up to Mami. "Where did you get these?"

"Your step-mother," she said, "gave those to me after your father's funeral. She wanted me to show them to you when I felt the time was right."

Her voice rising, she added, "Well, the time is right. The telegram made clear that you were missing, and the postcard that you were a prisoner of war. . . . Because if you had been free to write, your step-mother said she thought you'd have written more than 'I love you.'"

Papi sat quietly, his eyes turned down. After a moment, he looked up and faced me and my mother.

"The guards urged us to write home," he explained. "They gave us a nub of a pencil and sheets of used paper. There was German writing on one side, blank on the other. With the pencil and paper came an envelope, a used envelope. We marked out the German addresses and replaced them with our own.

"The rest of the medics and I knew the guards were doing this to bring down our morale. We figured, as most men did, that they had no real intention of mailing our letters or postcards. Anyway, we medics urged the men to write to their wives, children, fathers, mothers, anybody who gave them a reason to live.

"We were allowed two letters and two postcards a week. I prayed one of them would find my step-mother and father . . . and here it is, a prayer answered."

He paused, then added, "The Nazis thought of me as an 'undesirable'. They told me . . . "

Papi seemed upset, so I interrupted, "It's okay, Papi, it's okay. You don't have to tell us."

"No," he insisted, "let me finish what I have to say. It's time I told you and your mother the story.

"On the day we were captured, the Germans made us take off our boots, then marched us through snow that came up to our waist. We were taken to a waiting train, where we were packed into cattle cars so tight that we couldn't breathe or move. After a few days of traveling through freezing temperatures with nothing to keep us warm but each other, we arrived at Stalag IX-B, the POW camp where we were held. We were locked in our barracks. On our second night, we heard the sound of the chain that secured the door rattling and we saw three SS troopers rush in with their machine guns pointing in all directions. Behind them, a Gestapo SS Field Marshal walked in wearing a long leather black coat, tall boots and a monocle over his eye. It was just like in the movies.

"The Field Marshal studied each of us while he smoked a cigarette through a holder. Finally, he pointed a finger at me. The German guards pushed me to follow him. I was the only one singled out. We walked through the camp until we entered a larger, well-kept building. We walked into a room with only two chairs, a table and a desk lamp. He sat down on one side and me on the other.

"He said, 'You medics know what's going on behind the lines! What's your name?'

"I told him I knew nothing, then gave him my name, rank and serial number.

"He laughed, and said, 'No, no, no . . . you know something!'

"I repeated I knew nothing, that I was only a medic.

"Then, switching over to fluent Spanish, he said, 'Oh, yes, you do! I've heard this story many times. You know something, I know all about you.'

"He told me I was born in San Bernardino and had lived there with my parents, that we had been deported by the United States government and that we lived in Durango, Mexico. He said, 'That is what Americans do to people like you, to Mexicans.'

"He told me my father was an engineer and my mother had been a medical doctor, that she had died, and that my father had remarried.

"I told him he was wrong, but he was right, about all he'd said."

When I was younger, Papi had told me the story about his being born and growing up in San Bernardino, a place where Jews, African Americans, Italians and Mexican Americans were free to live because laws, some written and some unwritten, kept them from living in Los Angeles or in certain neighborhoods. He'd told me he was born there, which made him a US citizen, but that his parents were born in Durango, Mexico.

"I didn't know how he knew all of these things about me," Papi continued, "but I wasn't the only one. He also knew facts about some of the other men he interrogated later. Even if he was right, there was no way we were going to let him know that.

"When I told him he was wrong, he slapped me and yelled that he wasn't an idiot. Then he told me I'd left Mexico when I was seventeen to become a US soldier. He said, they knew all of this to be true, that I should stop lying. When I still didn't talk, he slapped me again and shoved needles under my fingernails. Still speaking in Spanish, he said I was a stupid wetback, that white Americans saw me as nothing more than a brown monkey. Someone below them. Someone who they let fight and die for them, but would never accept as their equal, never. 'Why,' he asked, 'do you think they don't even let you, and your kind, live among them?'

"He said I was an "undesirable," that my only purpose in life was to serve Americans and make babies. 'And why,' he wanted to know, 'why do you make so many, when you aren't even man enough to take care of the ones you have?!'

"I wanted to tell him that he was wrong, that I wasn't married and had no children, but I didn't because I knew it would only make him beat me even more. Instead I did my best to ignore him, to think of nothing but taking care of my men and of coming home.

"The Field Marshal laughed and said I should consider switching sides, that the German people knew how to treat a man like me with the respect he deserved. He promised to send me to medical school in Munich and said he'd treat my men better, if I told him all I knew. He told me to think about it. Then I was escorted back to my barracks. After that, I never saw him again, but he tried to tempt others by making them the same offer. None of us accepted."

Papi fell silent, then quietly said, "I am sorry for not telling you all of this a long time ago."

As he finished talking and he laid down the postcard, I pointed to the drawing under the words, "I love you."

"And these, what are these lines and x's, Papi?" I asked.

"A map," he said, "of my family's garden."

"And the map in your wartime memory box," I asked, "that looks just like it, is it a map of your family's garden, too?"

He picked up the postcard and answered, "No, it's not. The map in my other box is of Stalag IX-B, the POW camp where I was held."

What he said surprised me. Had it all been a mistake, a happy accident, me thinking the map in his wartime memory box was a map of our garden? Me finding his hidden treasure?

He stopped talking and, after a few seconds, walked out the door leading to the garage.

I was about to chase after him, when my mother said, "Tomás, let him be."

My father was gone, but not for long. When he came back, to my surprise, he was carrying his treasure box from the garden. It was still inside the plastic container.

"Tomás," he asked, "did you do this?"

I wanted to lie, to answer no. It wasn't me. If he knew the truth, I was afraid it might upset him. But lie to my father? Never.

"Yes, Papi," I confessed, "it was me."

"When I buried this box," he said, "I knew it would only be a matter of time before the metal rusted away and the things inside were destroyed. But, here they are, all in one piece . . . thanks to my son, my big boy. Thank you, *m'ijo*."

Starting to cry, Papi took me in his arms. Then he reached out to my mother. She joined us, and we all embraced.

Suddenly, my father said, "Tomás, I changed my mind. Ask your teacher when can I talk to your class. This American has something to say."

CHAPTER 10

My Father's Hell

My parents' visit to my classroom took place a couple of days after Papi told us his secret. The principal escorted them to my classroom. She introduced them to Mr. Fox, and he introduced my parents to the class. My father set his memory boxes on Mr. Fox's desk while my mother and the principal took a seat at a table at the back of the classroom.

Papi wished everyone a good day and then pointed to me and jokingly said, "That one there's mine."

Then, he went right into talking about his experiences. He spoke about his best friend, Murray, being killed. He mentioned his buddy, "The Norm," and explained how they'd all been medics. He said he could've died in action if the medic's equipment strapped to his back hadn't stopped a bullet meant to kill him. I'd heard that story before, so it didn't catch me off guard.

"My men and I," he said, "were taken prisoners during the Battle of the Bulge and held at Stalag IX-B. We were beaten and locked in our barracks for up to twenty-two hours a day. The barracks didn't have enough beds, so fifteen hundred men slept on bare floors, most without blankets. There were no cleaning supplies and no way to wash our clothes. Over four thousand American POWs shared a latrine made for forty men and ate watery soup made of rotten vegetables. To keep from starving or dying of thirst, we ate snow."

He showed them his medals and the cross he'd fashioned out of a palm. "I had about thirty of these crosses when I arrived in France. Each time I met someone who was about to give up, I prayed with them and gave them a cross and told them to never lose hope.

"Stalag IX-B," he concluded, "was liberated on March 30, 1945, but I was not there when it happened."

Confused, I turned to Jessica, who was sitting beside me, and asked, "Then where was he?"

At the same time, one of my classmates asked, "If you weren't there, Mr. Acevedo, where were you?"

"After a few weeks of being held at Stalag IX-B," he said as he looked over at my mother, then at me, "I was moved with three hundred and fifty other US prisoners to Berga an der Elster, a Nazi concentration camp, better known as Berga."

Hearing those two words, concentration camp, knocked the wind out of me. Of all the words that might've come out of my father's mouth, those were the last two I expected to hear at this moment. I had often imagined and had told others, even my class, that I thought he'd been in a concentration camp. But I never thought for all the world that it was true. In an instant, a series of questions raced through my mind. Why hadn't he told me, and especially my mother, about this on Saturday or even before Saturday? What had happened to him? What had he witnessed? Most importantly, had I been correct in thinking the number on his arm was put there by Nazis? And was this, finally, the real reason why he cried and screamed?

My mother called my name and motioned for me to come and sit beside her. I went over to her quietly.

"Those of us moved to Berga," Papi continued, "were singled out for looking like Jews, for sounding like Jews, for having names that sounded Jewish or because we were seen as troublemakers. We were beaten with rubber hoses and rifle butts, starved. . . . Everyone, except the medics, were forced to dig one of seventeen tunnels for an underground ammunition factory. We medics were supposed to treat those who fell ill . . . but there was no way to cure those who swallowed the dust and the shell-like particles in the tunnels . . . or those who were slowly being worked and starved to death.

"Some," he said quietly, as my mother took hold of my hand and squeezed tightly, "died in my arms, and some were shot while trying to escape. Those who died were left out in the open next to the entrance of the barracks, where they remained for everyone to see, sometimes for days before they were thrown in a hole in the ground and forgotten."

At this point, my father reached into the breast pocket of his jacket and pulled out a small book. "This journal is where I kept a record of the American soldiers I knew who died. It's my diary of what happened to us."

"A diary," one of my classmates asked, "like Anne Frank's?"

"Not exactly like hers," my father said, "but a diary nonetheless."

"Were you scared?" someone asked.

Lifting up his palm cross, my father answered, "Yes, I was, but so was everyone else. I kept telling them to pray and to keep praying, that God was with us, that we'd be okay. I passed around this cross, and they kissed it before passing it onto the next man."

"Mr. Acevedo," Mr. Fox asked, "when were you liberated?"

My father turned to the last page in his journal and read, "We were liberated on April the 23rd, in 1945."

My father stood up quietly and said, "But before we were rescued, those of us who were left, about three hundred, were forced to march for over one hundred and twenty-five miles in two-and-a-half weeks. When we were liberated, there were only one-hundred-and-sixty-nine of us left. The signatures on this armband are from some of those who were freed on the same day as me."

Papi held the armband up for the class to see, then folded it in half and placed it back in the box. When he was finished, no one was really sure what to do. I took it upon myself to start clapping. Everyone else joined me.

Papi held up his hand and said, "Wait, I have one last thing I need to say."

With that, my father pulled out a piece of paper from his pants' pocket. He opened it up, and as he did, he said, "Two days after we were liberated from the concentration camp, the United States government ordered me and the rest of the US soldiers who survived Berga and the death march to sign an affidavit requiring us to keep secret what had happened to us. We were told if we ever broke our silence, there'd be a serious price to pay. I have a copy of what we signed with me."

My father held the piece of paper in front of him and read:

Activities of American prisoners of war within German prison camps must remain secret not only for the duration of the war against present enemies of the United States but in peacetime as well. You must give no account of your experience in books, newspapers, periodicals, in broadcasts or in lectures. You must be particularly on your guard with persons representing the press.

I understand that disclosure to anyone else will make me liable to disciplinary action.

When my father finished, he lowered the affidavit and said, "I have kept the fact that US soldiers were held at Berga because they were Jewish or deemed to be Jewish a secret for twenty-two years, but I cannot keep it hidden anymore. Let it be known from this day forward that American soldiers were held at Berga and that many died there and on the 125-mile march, the death march to nowhere."

As my father folded up his letter, my classmates and Mr. Fox started clapping. I did too, so did my mother. Then the both of us walked up to Papi, and we all embraced.

He said softly, "I'm sorry. Sorry I didn't break my silence sooner."

My mother and I kept telling him it wasn't his fault, that it was okay.

"Thank you, Papi," I said, "thank you for telling us your secret."

My father said I was welcome, then added, "It's a decision I wish I'd have made a long time ago, when you were twelve and you asked me to talk to your class."

As the clapping continued, Mr. Fox raised his hand, a signal to the class he had something to say.

"Mr. Acevedo," he said, as he walked up to my father, "I owe you and your family an apology. When Tomás asked about you coming to talk to the class, he suggested that you had been a prisoner in a concentration camp. I doubted him. I'm sorry, and I thank you for your service and the sacrifice you made for this country."

As Mr. Fox shook Papi's hand, a classmate asked, "What about the number on your arm, Mr. Acevedo? Tomás said he thought it was put there by Nazis."

Without missing a beat, my father showed the number on his arm to the class and said, "My son was wrong. The number on my arm has nothing to do with Nazis or my being a POW."

"Then where did it come from?" another one of my classmates asked.

"That," Papi said, "is not a story I am ready to tell."

He then gathered his things and with a final good-bye and a thank you for listening, walked out of the classroom, followed by my mother and the principal.

I stood there for a second, then asked Mr. Fox if I could walk my mother and my father out?

"Of course," he said, "please, go ahead."

I caught up to them. As the principal escorted us out, she shook my father's hand and thanked him for his service and for sharing his incredible story. The principal then asked if he'd be willing to share his story with the entire school and with other schools in the district? My father said he'd be honored.

"I'll let you know," the principal told him, then turned her attention to me and my mother. "You must both be very proud, knowing the many sacrifices Mr. Acevedo has made."

Although this was the first time we'd heard about his being held in a concentration camp, we said, "Yes, we're very proud."

She left and we walked outside, where my mother turned to Papi and embraced him. She was crying and saying how happy she was that Papi had finally shared his deepest secret, that she wished he hadn't waited so long.

Papi said he loved her and was sorry. "I was a younger man then. I was afraid if I said anything, I'd be in trouble with the government. Now that I'm older, who cares if they do anything to me. At least the world will know the story of the men held at Berga and of those who died in Berga and on the death march "

As astonishing as this story was, in the back of my mind I knew my father still had one more secret to share: the secret pertaining to the number on his arm. When I thought about what that secret might be, I took solace in the fact that whatever it was, it could not be as painful as the one he'd waited more than twenty-two years to reveal.

I wish I could say that I was right, but I wasn't.

CHAPTER 11

Undesirables

In the weeks that followed, Papi not only shared his story with all of the students at my school, he also shared it with the rest of the schools in the district and with schools throughout the state of California. On top of all of this, he also gave interviews to newspaper reporters from around the world, and before long gave television interviews, as well.

All of that was fine, but as far as I was concerned, there was only one person he needed to talk to, and that was me. And there was only one question he needed to answer: How had the number on his arm gotten there?

I didn't really want to push him into talking about it, but I was starting to think that if I didn't ask about it, the opportunity for me to learn about that number might never come again. So, one afternoon while we were working in the garden, I purposely mentioned the number on his arm. My bringing up the subject didn't sit well with him.

"I'll tell you the story about the number on my arm, when I'm ready, and not before that, *entiendes*?"

Acting insulted, I said, "What are you talking about, Papi? I wasn't asking you to tell me the story."

"I'm not an idiot," he said, "so don't treat me like one."

I should've apologized and let it go, but I didn't. "Look," I said, "you can tell me the story if you want, or not. It's up to you. In case you haven't noticed, I'm not a kid anymore. I'm to be eighteen, so there's nothing you can say that's going to shock me. I mean, you were a POW *and* in a concentration camp. . . . What can be worse than that? Besides, when I was twelve, you did promise you'd tell me the story. I guess some promises are just not meant to be kept."

I tried to go back to what I was doing, but no matter how I tried, I couldn't stop feeling like an idiot for what I'd said. "I'm sorry, Papi. Sorry for talking to you the way I did."

"I forgive you, *m'ijo*. It's just that it's a difficult part of my life to talk about. I was only eight years old when it happened."

"What, Papi? When what happened? Look, do you want me to keep what you have to say between the two of us? Just say the word, and I'll keep it to myself."

"There's no one to keep it a secret from," he said. "Your mother knows. I told her."

"You told her, and not me?"

"I asked her not to tell you, that I wanted to tell you myself."

"Can't you see, Papi . . . can't you see that's all I've ever wanted, all Mami ever wanted . . . to know your secrets so you don't have to carry them around by yourself. We're here, Papi. We want to help you. We care about you. We love you."

Without a word, Papi walked to the picnic table under the tallest tree in our backyard. I followed him, and we sat down.

"I know I told you that I was eight years old when I left my first home in San Bernardino. . . . I said that my parents and I left our home because their visas had expired, but that's not true."

"Not true," I asked, "then why? Why did you leave?"

"To celebrate my First Communion my parents took me to eat at a restaurant on Olvera Street in Los Angeles. It was a Thursday, February 26, 1931. I was wearing my new suit with Don Quixote's windmill on the breast pocket. My parents were dressed in their Sunday best. We'd had a good time at the restaurant and were heading home through Placita Park, when people started screaming and running."

"Running? From what?"

"The city police and the Border Patrol . . . they were stopping people to check their papers. They made us stand in a line. When my father's turn came to be questioned, he told the agent that he and my mother were born in Mexico, but that I was born in the United States. The agent asked to see their visas, and my father told him they were at home. The agent called him a liar and told us to go and stand in line with the people who were waiting to be questioned further.

"This was during the Great Depression, a time when people who called themselves 'real Americans' thought Mexicans were taking 'their' jobs or getting welfare that should go to them. They wanted us gone from the United States as fast as possible.

"About an hour later, a Border Patrol agent said that he was passing out a form to each man that they needed to sign. 'The form,' the agent said in Spanish, 'states that you are returning to Mexico of your own free will and that your family is returning with you.'

"It took a while for people to realize what he was saying, but when they did, women and children started crying and men objected, yelling that they wouldn't sign. The agent told them that they didn't have a choice. 'No papers!' he shouted, 'No stay in America!'

"Right about then, these flatbed trucks drove up to the park. People screamed and some even tried to run, but they couldn't. There was an iron fence surrounding the park and the two entrances in and out were guarded."

"So your father had no choice?"

"None," Papi said. "He signed, and we were loaded onto a flatbed truck and driven to La Grande Station.

"When we got to the station, it was crowded with people. Some had trunks; some suitcases, but most had nothing but the clothes on their back. Women and children were crying. They didn't want to leave the United States. Nobody did. We loved our country. We were Americans. Most of us didn't know anyone in Mexico, didn't speak Spanish, hadn't even been to Mexico."

"And you, Papi," I asked, "how did you feel?"

"As the train pulled away from La Grande Station, all I could think about was our home and my friends at school. I wondered if they'd miss me and if I'd ever see them again. I thought about my family's garden and how my father and I wouldn't be there to get it started come spring.

"On the train ride to the Mexican border, we rode in passenger cars. We were not allowed to get off the train until it reached the border. When we got there, the doors slid open, and everyone was ordered out. Then armed Mexican guards packed us into another train, into boxcars used to haul cattle."

"Like the cattle cars you rode in when you were a POW?"

"The exact same kind," Papi answered, "but before we were allowed to board, they made us walk through trays of disinfectant in order to clean our feet so we wouldn't get the cattle sick.

"We did as we were told. Some people asked about the trunks and suitcases they'd brought with them. The Mexican guards told them their belongings were being loaded into a freight car and that they'd be able to claim them once we reached the end of the line.

"The cattle cars were dirty and smelly. Our mothers told us to be careful where we stepped and sat down, because caked on the hay was cow manure and urine. We were packed in tight and were told if we didn't make room, some were going to be left behind.

"Up to that point I'd been brave for my mother, but when the guards started talking about separation, it scared me. I didn't know what I'd do if I lost my father, my mother. I didn't know, but my imagination did. I'd be lost, alone, with nowhere to go, no one to call Papi, Mami.

"I started to wonder if the guards were going to beat us, even shoot us. My body started shaking and I started to cry like the babies around us. My mother held me. She tried to calm me down, but then she started crying, too. My father tried to calm the both of us by telling us stories of how his family in Durango was going to help us.

"The train ride deep into Mexico lasted for the rest of that day and late into the night. It was cold. We had no blankets. Men gave up their coats, their jackets. People shared what little food and water they had. When the children had to use the restroom, they, along with their parents, weaved their way to the back of the box car, where their parents did their best to shield them.

"When we reached our final destination, the doors were unlocked and slid open. The Mexican guards ordered us out at gunpoint. Guards with lanterns were checking to make sure the cars were empty. Then, coming from the back of the train, we heard the trunks and suitcases being tossed off the train.

"Fathers and mothers started running to claim what was theirs. One of the Mexican guards fired his rifle into the air. He ordered for everyone to stop. Most did, but there were some who didn't. The Mexican guard, and some of the men, women and children, started screaming, 'Stop running! Stop! *¡Dejen de correr! ¡Paren!'*

"Then, without so much as a warning, a Mexican guard fired a shot in their direction.

"Someone yelled, '*¡Bájense!* Get down! They're shooting! *¡Están disparando! ¡Bájensen!* Get down!' A woman fell to the ground. People near her realized she'd been shot. They all stayed on the ground.

"Next, the Mexican guard commanded, 'Get up and put your hands behind your heads!' They all did as they

were told, except for the woman who'd been the first
to fall. Her husband and children ran to her crying,
'Mami, Mami! Get up! Get up! *¡Levántate! ¡Levántate!*' Then, her husband held her, crying, 'Don't die!
Don't die! Do you hear me, Cecilia?! *¡¿Me oyes? ¡¿Me
oyes?!* Don't die! Don't die!'

"A mother and wife was dead and all the Mexican
guard thought to say was, 'This is what happens when
you don't follow orders.'

"The Nazi guards said those same words to me and
my men before beating us and killing some of us. And
when they were finished, they repeated, 'Do you see
what happens when you don't follow orders?'"

"I watched, *m'ijo,* watched as they loaded *la señora*
Cecilia and her family into one of the cattle cars, and
the train slowly backed up and disappeared into the
night. What happened to them after that, I don't
know, but it haunts me, haunts me as much as the
death of those POWs listed in my diary.

"With the train gone, we were left in the middle of
nowhere. Some people decided to walk up the track.
Some decided to stay and get a fresh start in the morning. My parents and I stayed. The night was cold. The
ground was wet. All around us women prayed and children cried, 'I'm thirsty, Mami.' 'I'm hungry, Papi.' My
parents and I slept, hugging each other. My father's
suit jacket and my new suit jacket . . . that the day

before I'd proudly worn to Placita Park were our only blankets.

"When I was a POW laying down on the floor of my barracks, each man embracing the other to keep warm, I'd think back to that night sleeping next to the railroad track. I couldn't help thinking that what my parents, those families and me had lived through on that dark night was some kind of preparation for Stalag IX-B and Berga and even the foxholes I'd been in during the Battle of the Bulge.

"The next morning, we woke up to a world far different from the streets of Los Angeles. It was hot. The land was barren with nothing but a single mesquite tree standing by itself. There was little to no water or food. We had no idea where we were. We only knew our best chance of survival was following the railroad track in the direction from which we'd come.

"Before leaving, people gathered those things from the trunks and suitcases they knew were theirs. The trunks and suitcases were broken and scattered everywhere, like those of the Jewish people I saw in the concentration camps: suitcases piled on top of each other, the portraits of loved ones scattered here and there like they meant nothing to no one.

"To have seen those portraits scattered on the ground when I was a boy was enough to last me a lifetime, but that's not the way it was meant to be. I saw them, not once, *m'ijo*, but twice, as a boy and as a prisoner of war.

"For the next two days, we marched, as I did as a POW on the march to nowhere. When I grew tired as a POW on the death march and found it impossible to take another step, I thought about my mother and the words she'd said to me when I was eight: 'Tomás, be strong, keep walking. Know that God will never put something before you He knows you cannot handle.'

"On the afternoon of the second day, a train came down the track. The train engineer, *un mexicano*, saw us and stopped. He told us he was lucky to have come across us, that the track we were on was no longer in service, that he and his men were heading to the end of the line to continue taking it apart.

"My father and the others asked the engineer, 'Will you please help us? We'll give you all the money we have in our pockets.' The engineer answered, 'There's no need to pay me, I will help you.' With the help of his men, he loaded as many as possible into the train and then came back for the rest of us as the sun was setting.

"Knowing you're saved, *m'ijo*, there's no other feeling like it in the world. It was a feeling I was blessed to feel twice in my life. Twice, one time too many."

Papi's story left me frozen. I didn't know what to say. How to apologize for feeling like I'd pushed him into telling a story he wasn't yet ready to share.

"Papi," I finally said, "you don't have to go on with your story."

"No, Tomás," he said softly, "it's a story whose time has come to be told."

Sitting there, I suddenly realized that while my father was at long last ready to finish his story, I was the one who wasn't yet ready to hear it.

"Papi," I said, "maybe you can finish the story tomorrow."

It's funny, but Papi seemed to know that I wasn't yet ready to hear the rest of what he had to say. "Will you tell me," he asked, "when you're ready for me to tell you?"

"I will, Papi."

"You promise?"

"Yes, I do," I answered, "I promise."

Papi sat still, quiet, then I stood up and walked to the garden. It was my turn, I suddenly realized, to cry like Papi had done. It was the first time I had cried like that since I was a little boy.

CHAPTER 12
The Tattoo

For the next couple of days Papi and I worked silently in the garden. No game of *Uno, Dos, Tres Calabaza*, no sharing of stories or *chistes*, no talking about the day that had been or the day ahead, no wondering aloud about the weather, about the year's crop. There was only the occasional buzz of a bee or a Monarch passing through to remind us that we were not alone.

I was at long last ready for Papi to tell me the rest of his story, but I didn't know how to tell him. I remember thinking at that moment how I felt like the little boy from long ago who didn't know how to ask his father about his bad dreams, who didn't know how to tell him that I wanted to help him, that I wanted to share in his suffering, that I loved him.

Standing there, just a few feet away from him, the number on his arm showing, jerking every time his hoe struck the ground, I wished that I could turn back time, erase all that had come before. I wished I could turn the story that had taken so long to tell into a fairy tale that he could've told me when I was four or seven. But what made this moment hardest of all was the realization that life isn't like a fairy tale. Sometimes life's stories are nightmarish, and they will not reveal themselves to us until we're ready to face the horrors.

"Papi," I whispered, "I'm ready for the rest of your story."

Without asking if I was sure, Papi took up his story where he'd left off. "My father, mother and I eventually made it to Durango, where my father's family helped us get a place to live with no problem. I started school right away.

"Sometimes, I'd go with my mother to tend to those who were sick and couldn't afford the cost of a doctor or lived too far from a clinic or hospital to get the attention they needed. Most of them were US citizens or legal residents who'd had their passports or birth certificates confiscated by US authorities, so there was no way for them to prove they were Americans.

"There was this one time when my mother and I spent the night in a village south of Durango. The children had little to eat, nothing to sleep on and nothing but pieces of canvas to use as blankets. There was no running water, no electricity. For the restroom they used a hole in the backyard and scraps of paper to clean themselves. There were none of the things those families had in abundance when they lived in the United States.

"As I lay freezing in my barracks at Stalag IX-B and starving in Berga, having to use the restroom in a hole with nothing but hay or dirt to clean my bottom, wearing the clothes I was captured in, filthy and stinking, I prayed for those families back in Mexico. That they had made it through the hell they'd endured because they, like me, were undesirables.

"After five years of living in Durango, my father became a mechanical engineer and my mother a medical doctor. During their time in school, they'd worked at securing visas, hoping that as soon as they were finished, we could return to California. I was twelve years old, about to be thirteen by the time we were ready to come back. Before we left Mexico in 1936, there was one more thing my father had to do. Some of the other deported fathers and mothers who had kept their passports hidden from the authorities decided to have their passport numbers tattooed on their arms and on the arms of their children. That way, if their passports were ever stolen or taken away, they'd have proof that they were Americans. My father decided that since I was American, I should also get a tattoo.

"When my father told my mother what he was planning, she cried, 'No! I will not allow my son to get a tattoo!' My father yelled that she had no say in the matter, that he was the man of the house, that the decision was his and his alone! 'My American-born son,' he shouted, 'is going to have his passport number on his arm as proof that he is an American citizen!'

"My mother said if he went through with it, I'd be seen as a number, not an American. 'A number,' she warned, 'can be easily erased, but a name cannot.'

"'But *americanos*,' my father yelled, 'will listen to my son when he tells them he's an American. If they don't, all he has to do is show them the number on his arm!'

"The next morning, some of the other parents had their passport numbers tattooed on their arms and on the arms of their children. My father and I did the same. My mother had cried the whole night before the tattoo was put on my arm and cried again when we returned, and she saw my arm was swollen and red. She said she'd never forgive my father for the pain and suffering he had put me through."

"And you, Papi?" I asked. "What were you thinking?"

"Like I was in the middle, *m'ijo*, like I didn't know who was right and who was wrong. During the night when my arm was hurting, I cried. I cried, not only because my father and mother were fighting, but because the country I loved, the USA, had abandoned me. I knew I had to show her, prove to her I was worthy of her. When the war came, I saw my opportunity to do just that: to prove to the USA and to all Americans that I belonged, that all Mexican Americans belonged in America, and that we deserved to be called Americans.

"As I fell asleep that night, I wondered why I felt I needed to prove myself? I didn't know why, but I knew it was something I had to do."

My father pointed at his arm and read each number out loud: 2-7-0-1-6. "My passport number; even for that there was a reason. It was that number, my lucky number, that saved me on the day when the SS Field Marshal was interrogating me. He was beating me and jabbing needles under my fingernails. . . . Needles . . . needles that were nothing compared to the needle of the instrument that tattooed this number on my arm. When he saw the number on my arm he asked if I'd been at a concentration camp before Stalag IX-B and if I was really an American, or a Mexican, or maybe a Jew pretending to be a Mexican?

"I answered no, then told him my name, rank and serial number. My answer made him mad. He shoved his gun into the back of my head. He threatened to kill me on the count of three if I didn't tell him where the number came from. He reached two, then I told him it was my passport number, that my father had had it tattooed on my arm when I was a boy to prove I was a US citizen.

"The Field Marshal started laughing so loud I can still hear it. He ordered my release, saying, 'If you're stupid enough to fight for a country that didn't want you when you were a boy, who am I to stop you from living with the shame that can only come from a man willing to die for a country that doesn't want him!'

"But you know, *m'ijo*, even the insults—those I received from the Field Marshal and from some Americans after I returned to the United States—I learned to live with. I was like those Jewish people . . . like some of those Jewish people related to my best friend, Murray . . . those who returned to Germany to live in their homeland. No one had the right to take their country away from them. The land where their parents or their ancestors had come in search of a better life. It was theirs, and no one had the right to take it from them.

"But the sad fact is I didn't need the number tattooed on my arm."

"Is that when my grandmother died?" I asked him.

"It was," he answered. "We were a couple of weeks from leaving, when my mother got sick with pneumonia and passed away. My father didn't blame her dying on the charity work she'd done for the poor. He blamed the United States. He hated the United States and said he'd never go back, even if you paid him. Over the years, as I aged from thirteen, to fourteen, to fifteen, I learned not to say anything good about America, because if I did, my father would beat me with his belt.

"What was I supposed to do? Hit him back? That, I couldn't do.

"I didn't return to the United States until I was seventeen and ready to join the Army. When I told my father about my plans, he laughed at me and said that I was a fool for defending a country that had kicked us out and was responsible for my mother's death. He said if I enlisted, he'd never talk to me again. That, to him, I was dead.

"True to his word, my father never talked to me again. Then one day, one of my uncles called me to say my father was dying, that he wanted to talk to me. I was long since back from the war and living again in California. You were about three at the time.

"Your mother and I decided the three of us would go to Durango to see him before he died. I'm glad my dad got to see you. You even sat on his lap. You and your mother met my step-mother, Carmen. When I was alone with my father, he said he was sorry for how he had treated me. He asked for my forgiveness.

"What did you say?"

"I forgave him. An hour later, he was dead. All the hate I had carried in my heart for him, and for the Nazis who had hurt me and my men, and the millions of innocent victims they murdered, was gone. Gone, too, was the resentment I held for what my country had done to me and my family. It was a resentment that until that moment I hadn't fully realized I'd carried in my heart.

"But such things come to us in our own time, *m'ijo,* and not until we're ready."

I sat there for the longest time, until I finally said, "Thank you, Papi, for telling me the rest of your story."

He smiled and said, "I wish I would've told it to you a long time ago."

There was one question I needed to ask, but didn't know how. So instead, I stopped talking.

"What is it?" Papi asked.

"It's nothing," I answered.

"In case you haven't noticed," Papi said, grinning, "I'm forty-three. So there's nothing you can ask that's going to shock me."

"Papi," I asked, "can we make a deal?"

"A deal? Maybe?"

"No more secrets, all right?"

"I have no more secrets to keep," he said, "only memories." Then he added, "Come on, there's a garden that needs tending."

I stood up, and before walking to the garden, we held each other for the longest time.

"I'm proud of you," Papi said, "and I love you."

"I love you, too, Papi," I said as he let out a sigh and the full weight of his body sank into my arms.

EPILOGUE
My Father's Hope

The year is now 2018. True to his word, my father never kept another secret from me or my mother. Whenever he felt a need, he shared painful memories about the war and his time in Mexico as a boy, as well as happy moments involving his family's history. The greatest of these memories were inside a box he gave me a year before he passed away, when I was sixty-seven and he was ninety-four. It was a metal box similar in size and shape to the others.

As I sit here thinking back on the day he gave me the box, I'm reminded of how I tried to lighten the moment by saying something about someday finding another box buried in his garden or hidden underneath his bed.

He stopped and listened and, as he walked away, he flashed a mischievous grin as he teased, "You never know. You never know."

Sitting there, it took me a while before I opened what was probably going to be my father's final box of memories. Before I did, I called Jessica. Yes, the same Jessica from college, high school and middle school. By this time, we'd been married for over forty-five years. We had a family of our own: two boys and a girl. They were all grown with families of their own.

On that day, I told Jessica my father had given me a memory box. I then told her I was bringing it home so we could open it together.

"No," she'd said, "you need to open it alone, because you need to be alone with those things that mean the most to your father."

I didn't argue, because I knew she was right.

I said a prayer of thanks and opened the box. Inside, I found a photograph of him and his parents dressed in their Sunday best, standing in front of their home in San Bernardino. There were also photographs of him with his classmates from the time he was a kindergartener to the fifth grade. Underneath them were these little Certificates of Achievement expounding his mastery of reading, writing and mathematics. Next came a couple of photographs, one of him and my mother as a young couple, and another of him with my mother and me. I was a baby and my mother was holding me. Underneath these, I found my father's passport. At the top of the first page was his lucky number, 27016. The photograph in the passport was of him as a boy. Next to the photograph my father had written, "Me, when I left for Mexico. Age 8."

At the bottom of the box there were two folded pieces of paper. One was a copy of his birth certificate and the other his Honorable Discharge from the Army. Tucked in between the pieces of paper were four additional photographs and one article. One of the photographs was of my eighteen-year-old father posing next to the American flag for his official military portrait, and the other was of a woman wearing a white lab coat. She was a beautiful and proud-looking *mexicana* who turned out to be my grandmother. On the back of this photograph, Papi had written, "My *mamá,* Dr. Esmeralda Acevedo." The last two photographs were of men, women and children standing in line holding suitcases. On the back of each photograph Papi had written: "Which one is of Mexicans and Mexican Americans waiting to be loaded onto a train and which one is of Jews waiting to be loaded onto a train?"

The final item was the first article written about Papi's experiences in the war. It was published right after he had talked to my class during my senior year. In the article, he spoke about his time at Stalag IX-B and at Berga. At the end of the piece, he had underlined something he had said to the reporter. The quote read, "I hope and pray Americans, and the world, will remember that those who do not learn from history are doomed to repeat it."

Since my father's death on February 11, 2018, I've traveled the country in order to share his story. I talk about his being a POW, a concentration camp survivor and the deportation of him and his parents, but mostly, I talk about his undying love for the United States and his being the greatest father a boy could wish for.

As part of my presentation, I show the photographs he left me. When the time is right, I share the two photographs of the families waiting to be loaded onto a train, side-by-side. Then I ask: "Which one is the photograph of Jews waiting to get on the train and which one is of Mexicans and Mexican Americans waiting to get on the train?"

I let the question sink in for a minute, then I show two more photographs side-by-side. One photo, I point out, is of a number tattooed on a Jewish concentration camp survivor's arm and the other is of my father's arm. Then I end my talk with the words my father left me: "I hope and pray Americans, and the world, will remember that those who do not learn from history are doomed to repeat it."

EL NÚMERO EN EL BRAZO DE PAPÁ

RODOLFO ALVARADO

Traducción al español de Gabriela Baeza Ventura

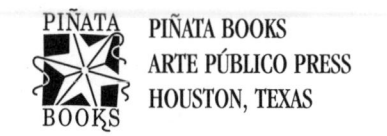

PIÑATA BOOKS
ARTE PÚBLICO PRESS
HOUSTON, TEXAS

¡Piñata Books están llenos de sorpresas!

Piñata Books
An imprint of
Arte Público Press
University of Houston
4902 Gulf Fwy, Bldg 19, Rm 100
Houston, Texas 77204-2004

Ilustración de portada de Mora Des!gn Group
Diseño de la portada de Mora Des!gn Group

Names: Alvarado, Rodolfo, author. | Ventura, Gabriela Baeza, translator. |
Alvarado, Rodolfo. Number on my father's arm. | Alvarado, Rodolfo.
Number on my Father's Arm. Spanish.
Title: The Number on my Father's Arm / by Rodolfo Alvarado = El número en
el brazo de Papá / por Rodolfo Alvarado ; traducción al español de
Gabriela Baeza Ventura.
Other titles: Número en el brazo de Papá
Description: Houston, Texas : Arte Público Press, Piñata Books, 2020. |
Audience: Ages 10-15. | Audience: Grades 7-9. | In English and Spanish. |
Summary: After years of wondering about his father's terrifying nightmares
and strange tattoo, seventeen-year-old Tomás discovers that Papi was not
only deported as a child, he is a World War II veteran and Holocaust
survivor. Includes facts about Anthony Acevedo, the first Mexican American to register as a concentration camp survivor, on whose life the story is
based.
Identifiers: LCCN 2020032031 (print) | LCCN 2020032032 (ebook) |
ISBN 9781558859012 (trade paperback) | ISBN 9781518506192 (epub) |
ISBN 9781518506208 (kindle edition) | ISBN 9781518506215 (adobe pdf)
Subjects: LCSH: Acevedo, Anthony Claude, 1924-2018—Juvenile fiction. |
CYAC: Acevedo, Anthony Claude, 1924-2018—Fiction. | Holocaust
survivors—Fiction. | Mexican Americans—Fiction. | Fathers and sons—
Fiction. | Spanish language materials—Bilingual.
Classification: LCC PZ73 .A493517 2020 (print) | LCC PZ73 (ebook) |
DDC [Fic]—dc23
LC record available at https://lccn.loc.gov/2020032031
LC ebook record available at https://lccn.loc.gov/2020032032

♾ El papel utilizado en esta publicación cumple con los requisitos del American
National Standard for Information Sciences—Permanence of Paper for Printed
Library Materials, ANSI Z39.48-1984.

Impreso en los Estados Unidos de América
octubre 2020–diciembre 2020
Versa Press, Inc., East Peoria, IL
5 4 3 2 1

"Ay, las historias que cuenta la vida".

  —Las últimas palabras de Anthony Acevedo

Le dedico este libro a la memoria de Anthony Acevedo, el primer méxico-americano en registrarse como sobreviviente de los campos de concentración.

Índice

CAPÍTULO 1
Llanto y gritos

El primer recuerdo que tengo de mi padre, Eliseo —un hombre a quien llamo Papi— es de hace trece años, cuando yo tenía cuatro. Yo estaba bien dormido cuando lo oí gritar, "¡Agáchate! *Get down! They're shooting!* ¡Están disparando! ¡Agáchate! *Get down!*"

Los fuertes y dolorosos gritos me despertaron. ¿Estaba soñando? ¿Estaba despierto? No lo sabía. Aterrorizado, corrí al cuarto de mis padres.

La lámpara al lado de la cama estaba prendida, y mis papás estaban sentados en la cama rodeados por el suave brillo de la luz. Papi estaba sujetando el brazo de Mamá y gritaba, "*Stop running! Stop!*¡Deja de correr! ¡¿Me oyes?! ¡¿Me oyes?! *You hear me? You hear me?!*"

—Eliseo —oí que Mamá le rogó con urgencia —despierta. Despiértate. Estás soñando.

Papi empezó a temblar y a decir: —*Don't die!* ¡No te mueras! *You hear me? Your hear me?!* ¡¿Me oyes?! ¡¿Me oyes?!

El terror en su voz hizo que mi mamá se pusiera a llorar: —Eliseo, Eliseo, está bien. ¡Todo está bien! ¡Aquí estoy! ¡Aquí estoy!

Papi la miró a los ojos repitiendo su nombre una y otra vez, —Rosa, Rosa, Rosa —como tratando de discernir si ella estaba allí o si era un sueño.

—Sí, Eliseo —mi madre trató desesperadamente de convencerlo—, *it's me*, soy yo. Rosa.

Como un juguete al que se le acaban las pilas, Papi la soltó y, mientras se deslizaba en la cama, sus gritos se fueron apagando poco a poco hasta que desaparecieron por completo. Mi madre lo tapó con las cobijas hasta los hombros, le pasó la mano por la espalda, como si estuviera acariciando un gatito.

Es extraño, pero no recuerdo lo qué pasó después. Lo que sí recuerdo es que una semanas más tarde el llanto y los gritos de Papi me volvieron a despertar en la madrugada. Aterrorizado, salté de la cama y salí de mi cuarto al pasillo. Cuando se prendió la luz oí la voz de mi madre decir desde el otro lado del pasillo. —Tomás, Tomás, soy yo, Mami.

Corrí hacia ella, llorando: —Mami, Mami, tengo miedo. Tengo miedo.

Recuerdo que ella se arrodilló a mi lado y que tranquilamente me dijo: —No tengas miedo, Tomás. Papi sólo tuvo una pesadilla, eso fue todo. Todo está bien. *Everything's okay.*

Me abrazó y sentí el calor de su cuerpo contra el mío, cuando suavemente me dijo: —Papi quiere un vaso con agua. ¿Quieres ser un niño grande y ayudarme a traérselo?

Aunque tenía miedo de estar solo quería ayudar. Enseguida contesté: —Sí, Mami, sí.

—Muy bien, pero tenemos que guardar silencio. ¿Me ayudas?

—Sí, yo te ayudo. Lo prometo.

Vi cómo llenó un vaso con agua y me sentí grande cuando llevé el vaso a la puerta del cuarto sin derramar ni una sola gota. Recuerdo que me pidió el vaso diciendo: —Espera aquí, m'ijo. Creo que Papi ya se durmió.

Caminó hacia mi padre y le tocó el hombro suavemente. Sin decir una palabra, Papi se sentó, tomó un trago y se volvió a acostar. Mami puso el vaso sobre el buró y susurró: —Buenas noches, Eliseo.

Siguiendo su ejemplo, también le deseé buenas noches a Papi.

Después de salir del cuarto y cerrar la puerta, mi madre me acompañó a mi cuarto y me ayudó a meterme a la cama. Me preguntó si quería un vaso de agua como Papi.

Le respondí que no y luego pregunté: —¿Por qué Papi estaba llorando y gritando?

Intenté con todas mis fuerzas entender su respuesta pero no pude y por eso hice la pregunta que tenía más sentido para mí. —¿Se lo preguntaste?

—No —dijo ella—, no se lo pregunté.

Su respuesta tampoco tenía sentido. Así es que pregunté: —¿Por qué no?

—Porque —dijo— a veces tenemos que dejar que las personas a quienes amamos nos cuenten sus secretos cuando estén listos, y no cuando nosotros queremos oírlos.

Estaba aún más confundido y le pregunté: —¿Él tiene secretos? ¿Cómo es eso?

—Papi nos contará sus pesadillas cuando esté listo y no antes.

No entendí por qué teníamos que esperar, por lo que le pregunté: —¿Está bien si yo le pregunto?

Sin titubear, me advirtió: —No, m'ijo, no le preguntes. Eso sólo entristecerá a Papi porque sabrá que sus pesadillas te han despertado. Pero, puedes rezar por él, y si quieres, podemos rezar juntos.

—¿Podríamos —lloré—, podríamos rezar por él ahora?

—Sí —dijo— y si quieres, empieza tú.

—Sí, Mami, yo puedo empezar a rezar.

Nos persignamos y con convicción, susurré: —Querido Dios, soy Tomás. Estoy rezando por Papi. Por favor haz que se vayan sus pesadillas y que sea feliz. Amén.

Sonriendo, mi madre me felicitó. —Qué bello, Tomás. Muy bonito.

—¿Crees que Dios oyó mi oración?

—Dios —me aseguró— oye y responde a todas las oraciones.

—Mami, ¿puedo tener un vaso de agua, por favor?

—Sí, m'ijo, por supuesto que puedes . . . y si quieres, puedes venir a ayudarme.

—No, Mami —dije con orgullo—, no tengo miedo de estar solo porque ¡soy un niño grande!

Me hizo un cariño en la nariz con el dedo y dijo: —Está bien, mi niño grande, ahorita vuelvo.

Escuché a mi mamá llenar el vaso con agua y la observé al dármelo en la mano. Tomé un trago, y ella puso el vaso sobre el buró. Me dio un beso de las buenas noches, y susurró: —Buenas noches, Tomás.

Mientras salía de mi cuarto, le susurré: —Buenas noches, Mami —luego me acurruqué en la cama, cerré los ojos y me quedé bien dormido.

CAPÍTULO 2
Mejores amigos

Habían pasado tres años. Ya tenía siete años y Papi treinta y dos. La primavera había llegado y eso significaba que era hora de empezar a trabajar en el jardín de la familia, algo que Papi y yo habíamos hecho juntos desde que tenía recuerdo de ello. Además de jardinear, Papi y yo disfrutábamos mucho de ir al cine a ver películas de guerra. El año era 1956, y las películas de guerra eran muy populares.

Allí estábamos, trabajando bajo el sol del sureste de California cuando Papi me preguntó si me había gustado la película que habíamos visto la noche anterior. La película de la que hablaba era *To Hell and Back* sobre la Segunda Guerra Mundial y la protagonizaba Audie Murphy, un soldado estadounidense y verdadero héroe de la guerra. La película estaba basada en su vida.

—Sí, Papi —respondí—, me gustó mucho.

—¿Cuál fue tu parte favorita? —preguntó.

Imaginé que el azadón era una ametralladora, lo levanté y dije: —Cuando Audie Murphy saltó encima

del tanque en llamas y disparó la ametralladora del tanque, tat-tat-tat contra los alemanes para que sus hombres pudieran llegar a la selva.

—¿Y la tuya, Papi, cuál fue tu parte favorita?

—Al final, cuando a Audie Murphy le entregan la Medalla de Honor, y en vez de pensar en sí mismo, piensa en sus amigos que murieron en la guerra.

Yo estaba escarbando otro surco en medio del jardín. Asentí: —Sí, a mí también me gustó esa parte, pero sólo un poco. —Estaba a punto de confesarle que lo dije en broma, que me había encantado toda la película pero antes de hacerlo Papi me preguntó—: ¿Te conté alguna vez que yo estuve en la Segunda Guerra Mundial?

Me sorprendió su pregunta. Nunca me había contado que había estado en la guerra.

—No —dije entusiasmado, y luego pregunté—, ¿conociste a Audie Murphy?

Sonriendo, dijo: —No, nunca tuve la oportunidad de conocerlo.

Emocionado, pregunté: —¿Tenías una ametralladora? ¿Manejaste un tanque? ¿Le disparaste a los nazis?

Su sonrisa creció cuando movió la cabeza un poco y respondió: —No, trabajé como médico.

Gracias a las películas de guerra que había visto, sabía exactamente lo que hacían los médicos. Sabía la pregunta exacta que quería que contestara después.

—¿Tuviste que salvarle la vida a un soldado?

—Lo intenté —dijo, y su rostro se cambió de alegre a triste—. Intenté salvarle la vida a mi mejor amigo, pero no pude. Se murió en mis brazos. Se llamaba Murray Gluckman. Era médico, como yo.

—¿Eran mejores amigos tú y Murray cuando estaban chicos?

—No, nos conocimos mientras estudiábamos para hacernos médicos.

—¿Te sentiste triste, Papi, cuando se murió tu mejor amigo?

—Oh sí —dijo en voz baja—, fue un día muy triste.

Luchando por decir lo correcto, pregunté: —¿Lo extrañas?

—Sí —dijo—, sí, lo extraño todos los días.

Se quitó el sombrero de paja que usaba cuando jardineábamos y se limpió la frente. —¿Estás listo para tomar un descanso? ¿Para tomar agua?

—Sí —le respondí y, cuando se dio media vuelta para salir del jardín, grité—. ¡Uno, dos, tres, calabaza!

Al instante se congeló en donde estaba parado.

Estábamos jugando la versión mexicana del Semáforo. A veces ganaba yo y a veces él, pero la mayoría del tiempo me dejaba ganar al dejarse caer como una estatua que había sido tumbada por alguien.

Nos dejábamos congelados por unos diez segundos y, en este día en particular, nos tomó aproximadamen-

te cinco minutos para alcanzar la manguera. Cuando lo hicimos, no sólo tomamos agua sino que también tuvimos la guerra de agua más grande de todas las guerras de agua en la historia.

Pensarías que el estar allí parados y empapados y el haberme contado que fue médico en la Segunda Guerra Mundial haya sido lo que más recuerdo de esa conversación que cambió mi vida para siempre. No lo fue. Lo que más recuerdo de ese día fue que sentí que finalmente sabía el secreto detrás del llanto y los gritos de mi padre. Fue un descubrimiento que más tarde compartí con mi madre cuando vino a desearme buenas noches.

—Ya sé —susurré— por qué Papi llora y grita.

Mamá estaba sentada a la orilla de la cama. Me preguntó: —¿Por qué?

—Porque —le respondí—, cuando estaba en la guerra trató de salvarle la vida a su mejor amigo, pero no pudo. Se murió en los brazos de Papi.

Mami se quedó callada, como si dudara.

—¿Crees que tengo la razón?

—Creo que sí —me dijo y luego preguntó—, Tomás, si Papi algún día te cuenta otra historia de cuando estuvo en la guerra, ¿podrías hacerme el favor de decírmelo?

—Sí, Mami.

—¿Me lo prometes?

—Sí, te lo prometo.

CAPÍTULO 3

La guerra

Habían pasado cinco años. Era el año 1961. En todo ese tiempo Papi no me contó ni una historia de cuando estuvo en la guerra. Yo ya tenía doce años y estaba en séptimo. Habíamos estado estudiando la Segunda Guerra Mundial por dos días en mi clase. Mis compañeros y yo estábamos muy emocionados porque la mayoría de nuestros padres habían peleado en la guerra y tres de los tíos de mis compañeros habían muerto en ella.

En ese día en particular, nuestra maestra, la Señora Franklin, usó diapositivas para enseñarnos sobre Adolfo Hitler y el holocausto. Nos mostró imágenes de Hitler parado enfrente de las banderas Nazi mientras miles de personas lo saludaban y aplaudían. También nos enseñó fotos de Auschwitz y Bergen-Belsen.

—Ese es el campo de concentración donde falleció la autora del libro que estaremos leyendo —la maestra explicó.

Enseguida mostró las imágenes de los judíos que eran arreados hacia los vagones y de ellos como prisio-

neros parados detrás de una cerca de alambre de púas. Estaban increíblemente delgados, y sus ojos eran demasiado grandes para sus pequeñas y reducidas cabezas. Miraban hacia adelante como si estuvieran perdidos y necesitaran ayuda. Sobre sus camisas rayadas, encima del corazón, había un símbolo que la maestra llamó la Estrella de David. Parecían dos triángulos puestos uno encima del otro al revés formando una estrella de seis puntos.

La diapositiva que le seguía era la de una joven de pelo negro que parecía una persona decidida, quien la Señora Franklin dijo se llamaba Ana Frank. Para aprender sobre el holocausto, nosotros leeríamos su libro, *El diario de Ana Frank*.

—Ana —dijo—, fue una judía, quien, junto con su familia vivió escondida para escaparse de los nazis. Logró evitar su captura por dos años, pero a ella y a otras personas los arrestaron en 1944. Toda la familia de Frank murió en los campos de concentración, y ella murió de tifoidea en el campo de concentración Bergen-Belsen en 1945. El único miembro de la familia que sobrevivió fue Otto, su padre.

—Ana Frank —agregó, mientras escribió el número en el pizarrón—, fue una de más de 6,000,000 judíos asesinados por los nazis. —Luego nos mostró otra imagen con el brazo de una persona—. A los prisioneros en los campos de concentración se les tatuaba un

número en el brazo —dijo—. Los guardias de los campos no usaban sus nombres, sólo usaban números.

Sin pensarlo, levanté la mano, y antes de que la Señora Franklin me llamara, dije: —¡Mi papá también tiene un número como esos en el brazo!

Como mis compañeros pensaron que estaba jugando, todos menos uno se rieron.

De repente la Señora Franklin se puso muy molesta. —Tomás —me dijo enojada—, no debes hacer bromas sobre el holocausto.

Me defendí y le respondí: —Pero no estoy bromeando.

—Basta —insistió.

—Pero no estoy bromeando —volví a decir.

—Ni una palabra más, Tomás.

—Pero . . .

—Ya me cansé —dijo y escribió mi nombre en el pizarrón—. Ven a verme después de la escuela. ¿Entendido?

Fue una orden que hizo que el resto de la clase soltara un "Uuuh" al unísono.

Mascullé: —Sí, señora, entiendo.

Cuando quedamos solos después de las clases, la Señora Franklin me preguntó: —¿Por qué inventaste el cuento del número en el brazo de tu padre?

—No es un invento —dije—. Yo he visto el número en su brazo.

Frustrada, dijo: —Pero él es méxico-americano. No había mexicanos o méxico-americanos en los campos de concentración . . . así es que no es posible que los nazis le hayan tatuado un número en el brazo. Tiene que haber otra explicación.

Al ver que no había otra forma de convencerla, le dije que se lo preguntaría a mi padre.

—De acuerdo —dijo—, puedes preguntárselo. Y quiero que me reportes su respuesta mañana, en cuanto empiecen las clases. ¿Entendido?

Me sentía derrotado, le respondí: —Sí, señora.

—Y la próxima vez que quieras compartir algo en clase —me advirtió—, por favor espera a que yo te llame antes de hablar.

—Sí, señora, lo siento.

La Señora Franklin aceptó mi disculpa, y me dijo que me podía ir.

Molesto, salí corriendo del salón y corrí por el pasillo. Ya quería que fuera el día siguiente para decirle a ella y a todos los que se habían reído de mí: "¿Ven? No mentí. Mi padre estuvo en un campo de concentración y es méxico-americano".

Mientras abría el candado de combinación de mi bici me di cuenta de la importancia del significado del número en el brazo de mi padre. Si los nazis lo habían puesto allí, eso quería decir que él había sido prisionero de un campo de concentración. Y si eso era cierto,

¿había él estado entre los prisioneros que arrearon como animales hacia los vagones o había estado parado detrás de una cerca de alambra de púas muerto de hambre y con la mirada perdida? Lo que era aún más importante era saber si el haber sido prisionero de los campos de concentración era la verdadera razón por la que lloraba y gritaba a medianoche.

Una por una, preguntas como éstas empezaron a inundar mi mente, hasta que oí que alguien me llamaba. Era Jessica, la única persona que no se había reído de mí cuando les conté sobre el número en el brazo de mi papá.

—Quiero que sepas —dijo, mientras abría el candado en la cadena de su bici—, que creo lo que dijiste sobre tu papá.

—Gracias, Jessica. Este . . . ¿crees que fue justo que la Señora Franklin me haya detenido después de la escuela?

Pensé que diría que sí. Aunque la verdad era que, estaba buscando la forma de preguntarle si quería que nos fuéramos juntos a casa. Jessica vivía a dos cuadras de mí, y para ser completamente honesto, me había gustado desde que estábamos en kínder.

Habíamos estado viniendo a la escuela en nuestras bicis desde que empezamos la secundaria, y yo le había dicho "Hola" algunas veces, pero nunca había sido lo suficientemente valiente como para dirigirle

más de una o dos palabras a la vez. Pero ahora era el momento perfecto. Era ahora o nunca.

—¿Y, vas a casa? —pregunté.

—Sí, ¿y tú?

Tratando de sonar lo más aburrido que se pudiera por el asunto de ir a casa en la bicicleta, me encogí de hombros y respondí sin emoción: —Sí, yo también.

—¿Nos vamos juntos?

¿Ir juntos? ¿Juntos? quería gritar que sí, claro, por supuesto. En vez de decir eso actué como si nada y dije: —Sí, por qué no. Voy en esa dirección de todos modos.

Paseé al lado de Jessica hasta que llegamos a su casa, y cuando llegamos le pregunté si le gustaría hacer lo mismo al día siguiente.

Dijo: —Sí, me encantaría.

Así es que al día siguiente, y el resto del año, manejé mi bici de vuelta a casa junto con Jessica Christina García, la niña más inteligente y linda de toda la escuela.

CAPÍTULO 4

El número de suerte

Desde que era niño, Papi me había dicho que el número en su brazo era su número de suerte, y yo se lo creía. Pero eso había sido antes, y esto era ahora. Ya yo no era un bebé. Tenía doce años. Así es que esa tarde, durante la cena, les platiqué a mis padres sobre las diapositivas que la Señora Franklin le había mostrado a la clase y les enseñé mi ejemplar de *El diario de Ana Frank*. Les pregunté si lo habían leído. Ambos dijeron que no. Allí decidí que era el momento correcto para preguntarle a mi padre de dónde había salido el número de su brazo.

—Ya te lo dije —dijo—, es mi número de suerte.

—Pero, Papi —le insistí—, se parece a la imagen del brazo del prisionero judío que la Señora Franklin nos mostró.

—Tomás —me advirtió mi madre— basta.

Papi señaló su brazo y dijo: —Mi número de la suerte no tiene nada que ver con los campos de con-

centración o con los nazis. Es mi número de suerte, y eso es todo. ¿Me entiendes?

Respondí: —Sí, señor, entiendo. —Luego se me ocurrió una idea—: ¿Podría hablarle a mi clase de cuando estuvo en la guerra? —Eso era lo que habían hecho algunos de los otros padres.

—Tomás —ordenó mi madre rápidamente—, ya párale con eso. Ponte a cenar.

Hice lo que me ordenó, mientras que mi padre no hizo nada más que quedarse allí sentado en silencio.

—Eliseo, ¿quieres más té? —preguntó mi madre.

—No, Rosa —dijo Papi en voz bajita—, estoy bien.

Mi padre no dijo nada por un buen rato. Ni siquiera tocó su comida ni tomó agua. Se quedó allí sentado como si estuviera jugando Uno, dos, tres, calabaza.

Finalmente, después de unos minutos, dijo: —No, Tomás, no puedo ir a tu clase a hablar sobre la guerra. Eso es algo de lo que no puedo hablar, ¿me entiendes?

—Sí, señor —dije—. Entiendo.

—Ahora, no quiero volver a oír ni una sola palabra sobre la guerra o mi número de suerte. ¿Me oyes?

—Sí, señor —dije—, lo oigo.

Papi se quito la servilleta del regazo y cubrió su plato. Luego dijo: —Qué disfruten la cena. —Se levantó y salió por la puerta de enfrente.

En cuanto se cerró la puerta detrás de él, volteé a ver a mi madre, quien ahora me estaba mirando enojada.

—Pero, Mami —le rogué—, es como el número en la diapositiva que nos enseñó la Señora Franklin. Se lo prometo.

Para mi sorpresa, mi madre medio coincidió conmigo. —Lo sé, pero tu padre dice que él no quiere tener nada que ver con la guerra.

—¿Y usted le cree?

—Sí —respondió con firmeza—. Yo no conocí a tu padre antes de la guerra . . . así es que no sé si el número ya estaba allí antes de que se fuera. Lo conocí cuando volvió. Una vez le pregunté si el número tenía algo que ver con la guerra, y me dijo que no. Le creí entonces y le creo ahora. Lo único que puedo decir es que tu padre nos contará sobre el número en su brazo cuando esté listo y no antes.

—Usted me dijo eso sobre el llanto y los gritos, y ¿ahora también con esto? ¿Por qué, Mami, por qué no podemos preguntárselo?

Esperé unos segundos para que me respondiera, pero ella se quedó allí sentada como si fuera su turno para congelarse.

Molesto, le dije: —¿Cómo puede quedarse así? ¿Sin hacer nada, sin decir algo? Sólo oyendo su llanto y sus gritos y ¿actuar como si el número en el brazo no

se lo hubieran puesto allí los nazis? ¿Cómo lo hace, Mami? ¿Que no lo ama? ¿Que no le importa?

Le di la oportunidad de responder, y cuando no lo hizo, corrí a mi cuarto y di un portazo. Era la primera vez que me enojaba con mi madre. Ahora que lo pienso, también esa fue la primera vez que me enojé con el mundo.

Recuerdo haber pensado que Papi no era nada menos que un mentiroso, y la Señora Franklin una ignorante por haber dicho que inventé lo del número en el brazo de Papi . . . y mis compañeros ¡una bola de perdedores por haberse reído de mí!

Estaba pensando en que no quería volver a ver a ninguno de ellos cuando mi madre tocó la puerta.

—Tomás, ¿puedo entrar?

—Estoy ocupado —respondí—. ¿Podría venir más tarde?

—Dejaste tu libro sobre la mesa.

Gruñí, y dije: —Lo recogeré más tarde, ¿okey?

—Tengo algo que quiero mostrarte.

—¿Qué es?

—Algo de tu padre.

—¿Qué?

—Su caja de recuerdos de la guerra.

Quería decir que no, pero no pude. Ella había despertado mi curiosidad como bien sabía que lo haría.

Me senté en la cama y traté de sonar desinteresado. Gimoteé: —Está bien, entre.

Entró cargando una caja de metal del tamaño de una caja de zapatos. Encima estaba la copia de mi diario de Ana Frank. Me entregó el libro y luego se sentó a mi lado. Abrió la caja y sacó tres fotografías en blanco y negro.

—¿Son de él?

—Sí. Son de tu padre y de algunos de sus amigos.

—¿Será Murray uno de ellos?

Me entregó una de las fotografías, y dijo: —Sí, estos son él y Papi cuando estaban estudiando para ser médicos.

Murray y Papi parecían hermanos, hasta gemelos. Eran altos, tenían el pelo oscuro, dientes brillantes y llevaban batas blancas.

—Murray —dijo ella— era judío.

—¿Cómo los judíos que mató Hitler? —pregunté.

—Sí —respondió—. Tenía diecinueve años cuando conoció a tu padre y veinte cuando lo mataron en la Batalla de las Ardenas.

Puso su atención en la siguiente fotografía y dijo: —Esta es de cuando Papi y sus amigos se marcharon.

Mi padre y sus amigos estaban vestidos de soldado, con dos excepciones: mi padre y Murray eran los únicos que llevaban casco y una bandas en el brazo con una cruz roja adentro de un cuadro blanco.

Cuando le devolví la foto, dije: —Perdóneme por la manera en que le hablé en la mesa.

—Está bien —dijo—. Está bien.

Recuerdo que me incomodaba que me dijera eso. Como si yo hubiera tenido una pesadilla y ella me estuviera consolando como lo hacía con mi padre.

—¿Podría ver el resto de las cosas en la caja de recuerdos de Papi yo solo?

—Sí, pero quiero que tengas cuidado y que dejes todo exactamente como lo encontraste.

—Sí, le prometo que así lo haré.

—Y si tu padre entra a tu cuarto, dile que yo te di permiso de que lo miraras, ¿de acuerdo?

—De acuerdo —le aseguré—. Se lo diré.

Antes de irse puso las fotos en la caja, la tapó y me la entregó. —Te amo, Tomás —dijo.

—Yo también la amo, Mami —dije mientras salía del cuarto y cerraba la puerta detrás de sí.

Solo, con la caja de recuerdos de la guerra de mi padre, me senté en el piso cerca de la cama. Antes de abrir la caja, oré para que hubiese algo adentro que me ayudara a entender el porqué del número en el brazo de mi padre de una vez por todas.

CAPÍTULO 5

Recuerdos de guerra

De la caja de recuerdos de guerra de Papi saqué las tres fotos que mi madre me había mostrado: mi padre y Murray, mi padre y sus amigos y mi padre y otro soldado. Detrás de la última foto leí: "Yo y 'The Norm'". Norm también llevaba una bata blanca y le sonreía a la cámara. Norm era más alto que mi padre y podría ser su primo.

Puse las fotos a un lado en el piso, pero sólo por un segundo, porque había olvidado revisar si mi papá tenía el número en su brazo. Las levanté y las vi con mucho cuidado. En todas las fotos, Papi tenía el brazo tapado.

Adentro de la caja, los artículos estaban apilados en forma de pirámide desde el más pequeño al más grande. El objeto más pequeño era una Biblia de bolsillo. Adentro de la portada Papi había escrito su nombre y dirección, y debajo de esto "Arturo y Carmen Acevedo". Carmen era la madrastra de mi padre. Su madre, Esmeralda, había sido médico y había muerto

en México mucho antes de que yo naciera. Debajo de los nombres de sus padres había escrito: "Co. B, 275th Regiment, 70th Infantry Division".

El siguiente objeto era un folleto blanco titulado: "Guía de bolsillo: Francia". Adentro de la portada del folleto, mi padre había escrito su nombre y los detalles de su división. También había escrito "U.S.S. West Point, Diciembre 1944". Cuando hice investigación después para mi tesis de fin de año en la preparatoria supe que ése era el nombre del barco y el mes y año en el que Papi se fue a la guerra. Debajo del folleto estaba doblado un artículo del domingo, 14 de enero, 1945, titulado "Valentía y Sacrificio Juvenil Ganan la Épica Batalla de las Ardenas". Leí el artículo y luego me pregunté si mi padre había salvado a algunos de los soldados mencionados y si aquellos que murieron también eran responsables de su llanto y de sus gritos.

Estaba a punto de sacar el siguiente objeto de la caja cuando Papi tocó la puerta y dijo: —Tomás, Tomás.

No estaba seguro de lo que diría si me miraba hurgando en su caja, así es que metí todo adentro y deslicé la caja debajo de la cama, luego respondí: —¿Qué?

—Soy Papi, ¿puedo entrar?

Después de un dar un último vistazo para ver si todo estaba guardado, me senté en mi escritorio y dije: —Sí, claro, entre.

Mi padre abrió la puerta. —Sólo quería pedirte disculpas por haberme enojado.

—Está bien —dije—. No hay problema.

—¿Tienes un minuto?

Rápidamente contesté: —Sí, entre, Papi.

Entró al cuarto y se sentó en la cama. —Tomás, cuando estuve en la Segunda Guerra Mundial —empezó—, fui testigo de muchas cosas que me causaron mucho dolor, pero quiero que sepas que el número en mi brazo no tiene nada que ver con los campos de concentración o con los nazis.

Quería decirle: "Está bien, y si no tiene que ver con esas dos cosas, ¿entonces de dónde viene?"

Pero antes de que pudiera decir algo, él dijo: —No puedo decirte en este momento, pero cuando crezcas, te diré de dónde viene el número y por qué está en mi brazo . . . pero ahorita no puedo. ¿De acuerdo?

Respondí: —Está bien . . . si promete que me lo dirá en algún momento.

—Sí —dijo—, te lo prometo.

Mi padre dejó de hablar y me miró fijamente. Luego su cuerpo empezó a temblar mientras estiraba los brazos hacia mí.

Me apuré a abrazarlo y dije: —Perdóneme por haberle preguntado sobre el número en su brazo y por pedirle que viniera a hablar a mi salón.

Mis disculpas no hicieron que dejara de llorar. De hecho, lo hicieron llorar más.

Al oírlo llorar, mi madre entró al cuarto. Me preguntó si estaba bien.

Al no recibir respuesta, se quedó parada allí por un buen rato hasta que finalmente dijo: —Eliseo, ven a terminar de cenar. Después podemos ir a caminar.

No fue hasta que mis padres salieron de mi cuarto que saqué la caja de debajo de mi cama. Puse lo que había visto a un lado y saqué el último objeto de la caja.

Era un mapa con el encabezado: "La Batalla de las Ardenas". En el mapa había varias flechas señalando distintas direcciones y unos guiones anchos y delgados, por arriba y por abajo y por los lados; los nombres de Alemania, Bélgica y Francia estaban escritos en negrilla.

Mi padre había dibujado su propio mapa detrás del mapa. Era una serie de cinco líneas rectas de unas cinco pulgadas de largo. Había unas equis pequeñas en las líneas y una equis grande en la esquina del mapa. No decía de qué era el mapa. No tenía qué decirlo. Reconocí el mapa de una de las diapositivas que la Señora Franklin nos enseñó. Era el mapa de un campo de concentración, y cada equis era una de las barracas en donde estaban los prisioneros. La equis más grande era donde estaba el cuartel general.

El mapa era prueba de que mi padre había sido prisionero en un campo de concentración. Lo que era aún más importante era que comprobaba que el número en su brazo lo habían puesto los nazis.

Al estar sentado allí pensando en el mapa y lo que éste me revelaba, me di cuenta que todo se reducía a una pregunta, a una sola pregunta: *¿Le creía a mi padre cuando me había dicho que el número en su brazo no tenía nada que ver los nazis?*

Doblé el mapa y lo volví a poner en la caja de recuerdos. Encima de éste puse los demás recuerdos que había visto antes. Hice una oración por las personas en las fotos y dije una oración especial por Murray Gluckman. Al cerrar la caja tomé la decisión de seguir el consejo de mi madre, respetar a mi padre al creer en él, aunque yo tuviera mis sospechas.

Al día siguiente me disculpé con la Señora Franklin. Ella aceptó mi disculpa por haber creído que mi padre podría haber sido un sobreviviente de un campo de concentración. Me aseguré, sí, de que ella entendiera que mi padre había sido médico en la Segunda Guerra Mundial y que su mejor amigo había muerto en sus brazos.

También le pedí disculpas a Jessica después de las clases. Ella me dijo que no tenía que disculparme porque los amigos, los verdaderos amigos, no tienen que pedir disculpas por decir cosas que consideran ser ver-

daderas. Le agradecí y le pregunté si quería venir a casa a ver la caja de recuerdos de guerra de mi padre.

Me sonrió y dijo que le encantaría. —Y si quieres —agregó—, podemos trabajar en el reporte del libro *El diario de Anna Frank*.

—Sí —dije—, sí, me encantaría.

CAPÍTULO 6
El mapa del tesoro

El tema del número en el brazo de mi padre no se volvió a mencionar desde que cumplí doce años hasta que cursé el último año de prepa, en 1966. Tenía diecisiete años y mi padre cuarenta y uno. Me habían aceptado en UCLA y ya tenía mi propio carro, así es todo iba de maravilla. Después de haber participado en el equipo junior de fútbol por fin había logrado entrar al equipo titular. Balanceaba lo que llamaba mi lado deportivo con mi participación en el equipo de debate —mi lado nerd.

Jessica, sí, la misma Jessica de segundo año y yo éramos novios desde el décimo año de la prepa. Ella era porrista y una genia en matemáticas. También la habían aceptado en UCLA. Estábamos ansiosos por graduarnos, aunque también estábamos nerviosos porque no sabíamos lo que nos deparaba el futuro. ¿Qué si llegaba a interesarnos otra persona? ¿Qué si uno de nosotros, Dios no lo quisiera, no sacaba buenas notas y tenía que dejar la escuela? Toda la discusión,

cuando salía, nos enloquecía. Así es que habíamos decidido no hablar de esas cosas porque teníamos otras cosas de qué preocuparnos, como el terminar con el último año escolar.

Trataba de no pensar en mi futuro con Jessica, pero a veces me ponía a pensar en ella, y en todo lo demás, tanto que no me quedaba tranquilo hasta resolverlo todo en mi mente. Por ejemplo, un par de días antes, estaba regando el jardín cuando me encontré pensando sobre mi tesis de fin de año sobre la Batalla de las Ardenas. Había presentado mis primeras investigaciones a la clase y al maestro de historia, el Señor Fox. Durante la discusión, sin quererlo mencioné que mi padre había sido médico durante esa batalla.

Algo confundido, el Señor Fox preguntó: —¿Entonces tu padre fue médico durante la Batalla de las Ardenas?

Respondí: —Sí.

Luego me preguntó: —¿Y por qué no lo entrevistaste para tu ensayo?

Buena pregunta. Por eso estaba allí, regando el jardín y pensando en la pregunta del Señor Fox, y eso me llevó a pensar en pedirle una entrevista a Papi. Y eso me llevó a pensar sobre cuándo sería el mejor momento para pedírselo. Luego empecé a pensar de cuando Papi y yo trabájabamos en el jardín y jugábamos al Uno, dos, tres, calabaza. Y eso me hizo quedarme quieto, congelado como una estatua para luego moverme

y dejarme caer. Todo eso me hizo reír y sacudirme el polvo de la ropa. Luego descubrí algo que no había visto antes: había diez surcos con palitos que tenían los nombres de las distintas verduras y hierbas que había-mos sembrado, pero por alguna razón me vino el recuerdo de cinco, cinco surcos —¿o líneas? ¿Cinco líneas? Y en vez de que hubiera palitos en cada línea había unas equis. ¡Equis en cinco líneas! Cerré la llave del agua inmediatamente y corrí a la casa.

Mi madre estaba preparando la cena. Me preguntó si estaba bien, y le grité:—Sí, todo bien.

Me apuré al cuarto de mis padres y saqué la caja de recuerdos de la guerra de mi padre de debajo de la cama. Saqué el mapa de la Batalla de las Ardenas, luego volví a poner la caja debajo de la cama y regresé al jardín como si nada para que mi madre no sospecha-ra nada.

En el jardín abrí el mapa; no por el lado de la Batalla de las Ardenas, sino por el lado que tenía las cinco líne-as y las pequeñas equis. Híjole, allí estaba: el mapa de nuestro jardín, y allí también estaba la equis grande. No era un cuartel general, era una sección pequeña de dos pies por dos pies donde se nunca se había plantan-do nada.

La pregunta era ¿por qué? ¿Por qué no habíamos plantado allí antes? Y ¿por qué no me había dado

cuenta? Mi padre había enterrado algo allí. ¿Algo que quería esconder?

Entré corriendo a casa y le pregunté a Mamá si sabía cuando volvería Papi del trabajo. Como en una hora, me dijo. Tengo suficiente tiempo, pensé, para confirmar mi presentimiento. Agarré una pala y cavé unos dos pies y medio. Estaba a punto de darme por vencido cuando de repente oí un golpe sordo. Me dejé caer de rodillas y empecé a escarbar con las manos hasta que desenterré una caja de metal. Estaba oxidada y a punto de despedazarse. Con cuidado la saqué del hoyo y estaba a punto de abrirla, cuando pensé oír el carro mi padre. Corrí a la esquina de la casa para asomarme. Sí, era él.

Llené el hoyo tan rápido como pude, puse la pala de vuelta en el garaje. Estaba a punto de meterme y revisar el contenido de la caja en mi cuarto, pero pensé, ¿Estás loco?

Me entró pánico, abrí la cajuela del carro y puse la caja adentro de mi bolso de gimnasio y cerré el zíper.

Cuando entré, Papi me preguntó si había regado el jardín.

Le respondí: —Sí, señor. —Después le dije que tenía que empezar con mi tarea antes de la cena.

—Bueno, entonces vale más que vayas a hacer eso —me dijo.

Eventualmente hice eso pero primero le llamé a Jessica para contarle sobre el tesoro escondido de mi padre. Le dije que viniera, pero me dijo que no podía, que tenía que estudiar para un examen de trigonometría el día siguiente.

Mi lado nerd le prometió a Jessica que esperaría hasta el próximo día después de la escuela para abrir la caja, pero mi lado deportista me mantuvo despierto toda la noche, diciéndome, "Ve y asómate, Jessica no se dará cuenta. Todo lo que debes hacer es actuar sorprendido frente a ella. Lo puedes hacer, ¿no?"

Sí, podría haberlo hecho, pero ganó mi parte nerd. El tesoro permaneció intacto en la cajuela de mi carro.

CAPÍTULO 7

El tesoro escondido

Al día siguiente después de la escuela, Jessica me encontró en mi carro. El día no podía avanzar más lento. A Jessica le había ido bien en el examen de trigonometría, algo bueno para ella. Pero yo no había dejado de pensar en el tesoro de mi padre hasta entonces. La cajuela estaba abierta. El tesoro nos estaba esperando.

Abrí el zíper del bolso de gimnasio, y al sacar la caja de metal, Jessica me preguntó si estaba listo.

—Creo que sí —respondí, luego titubeé.

—¿Estás bien? —me preguntó.

—Sí. Es que estoy empezando a sentirme mal por abrir la caja.

—¿Por qué?

—Mi madre —suspiré—. Recuerdo que ella me dijo que Papi nos diría el por qué de las pesadillas cuando estuviera listo, y no antes. Pero, ¿por qué esperar, cierto? Digo, allí no hay nada que me pueda sorprender. Mi padre cree que me engaña, pero no será así.

—¿Así es que crees que te mintió cuando te dijo que el número en su brazo no tenía nada que ver con la guerra?

—No sé, pero creo que en la caja hay algo que va a resolver esa duda de una vez por todas.

—Si tu padre te mintió . . . ¿Has pensado que puede tener una buena razón para hacerlo?

—¿De qué hablas? ¿De que me quiere proteger? Pues yo estoy a punto de cumplir los dieciocho . . . Creo que podré lidiar con cualquier cosa que esté en la caja.

—Todo lo que estoy diciendo es que tal vez deberías pensarlo unos cuantos días . . . sólo para asegurarte de que estás listo para ver lo que hay adentro.

Iba a discutir con ella, pero sabía que tenía la razón. Puse el tesoro de vuelta en el bolso de gimnasio, cerré el zíper y cerré la cajuela. Nos fuimos.

En los próximos días pensé en lo que Jessica me había dicho. Al final, decidí abrir la caja solo. Después, pensé, ¿qué si descubro que hay algo adentro que es tan malo que tengo que esconderlo de Jessica? *¿Guardar un secreto de Jessica?* Eso no era algo que me creía capaz de hacer. Decidí que abriría la caja con ella. Acordamos el siguiente plan: Pasaría por ella, iríamos a la escuela y allí abriríamos la caja. Haríamos todo esto sin que ninguno de los dos dijéramos una sola palabra.

Nuestro plan marchaba a la perfección hasta que llegó el momento de la verdad y Jessica preguntó:
—¿Estás seguro que estás listo?

—Sí —respondí—. Estoy listo.

Abrí la cajuela, deslicé el zíper del bolso de gimnasio y saqué la caja. Abrí el pestillo y destapé la caja. Lo primero que vi fue un montón de medallas. Gracias a las películas de guerra que había visto, identifiqué el Corazón Púrpura y la Estrella de Bronce. El Corazón Púrpura se entrega a los soldados heridos en una batalla y la Estrella de Bronce por una acción heróica. Había otras que sabía que eran lazos de servicio: pequeños rectángulos con sus propios colores, cada color significaba algo importante. Al lado de las medallas estaba una pequeña cruz hecha de hoja de palmera.

—Son como las cruces que hacemos el Domingo de ramos —dijo Jessica.

Tenía razón, era exactamente como las que había visto hacer a mi padre toda su vida y como las que él me había enseñado a hacer.

Debajo de las medallas y de la cruz estaba un brazalete de médico, probablemente era el de mi padre. Lo saqué de la caja. La cruz roja en la banda estaba desteñida, apenas era roja. Había firmas por todos lados. Algunas apenas se podían leer, los nombres habían desaparecido.

Puse el brazalete en la caja y con cuidado saqué un
sobre. Era una carta que alguien le había enviado a mi
padre. Era de Norman Schultz. La dirección del remi-
tente indicaba que el Señor Schultz vivía en Clarksville,
Michigan.

—The Norm —dije.

—El de la foto en la caja de recuerdos de tu padre
—agregó Jessica—. Lo recuerdo.

Abrí el sobre con cuidado, saqué la carta y la leí en
voz alta:

11 de octubre de 1945
Estimado Eliseo,

Espero que esta carta te encuentre bien a ti y
a tu señora. Mi esposa y mis hijos me mantienen
ocupado. He estado pintando la casa. Parece
que apenas terminas una cosa y ya tienes que
hacer otra.

Recibí tu carta con fecha del 2 de septiembre
de 1945. Me dio gusto saber de ti, amigo. Saber
que estás bien.

Yo también he batallado mucho para
olvidarme del campamento. Entiendo todo lo de
las pesadillas y los escalofríos. Todo eso me
tiene hablando con un loquero. Me ayuda, pero
supongo que algunas cosas toman tiempo para

olvidarlas. A lo mejor tú también tienes que ir a ver un loquero.

A mi esposa le conté luego luego que fui prisionero de guerra. Ella no deja de hacerme preguntas. Me imagino que sólo quiere detalles. Le conté unas cuantas cosas, pero me guardé todas las cosas terribles que nos pasaron.

Es difícil. Es difícil guardar secretos pero creo que eso nos une. Nos une por vida. Hicimos ese pacto, y es mi obligación y honor respetarlo. Espero que tú también pienses lo mismo. Bueno, debo irme. Necesito ir a comprar brochas y disolvente para la pintura. Escríbeme cuando puedas.

Tu camarada,
The Norm

Sorprendido, sólo pude decir: —Mi padre y Norm fueron prisioneros de guerra.

—Del 11 de octubre hasta ahora —señaló Jessica—, han pasado más de veintidós años.

Increíble. Mi padre había ocultado que había sido herido en acción y el haber sido un héroe. Y por si eso fuera poco, también nos había ocultado a mi mamá y a mí que había sido prisionero de guerra por todo este tiempo.

—¿Estás bien? —preguntó Jessica.

Puse la carta de vuelta en el sobre y luego en la caja y decidí en ese mismo momento que ya no esperaría más a que mi padre me revelara sus secretos.

—Sí —le dije—. Estoy bien.

—¿Qué vas a hacer?

—¿Qué crees que voy a hacer? Se lo voy a contar a mi mamá.

Jessica no dijo nada más. Yo sabía que ella pensaba que decírselo a mi madre no era buena idea.

—Quizás —sugirió al final—, debes guardar el secreto un poco.

—¿Mantenerlo en secreto?

—Si se lo dices a tu mamá, ¿qué? ¿Qué viene después?

—Hablar con mi padre.

—¿Para que él se lo explique? ¿Que le explique que fue prisionero de guerra? ¿Sus medallas? ¿La cruz? ¿El brazalete? ¿La carta?

—Sí. Que todo quede al descubierto.

—¿Y qué si no está listo para eso? ¿Entonces qué?

—No va a tener otra opción.

—Quieres decir que no vas a respetar la decisión que ya tomó.

—¿Por qué, Jessica, por qué debo guardar este secreto? Toda mi vida me he preguntado por qué tiene pesadillas, por qué grita en las noches. Pensé que era porque había visto morir a su mejor amigo. Luego, el

número en su brazo . . . ¿y ahora esto? Dios mío, Jessica, ¿qué debo hacer? ¿Dejarlo así? ¿Cómo? ¿Cómo puedo hacer eso?

—Simplemente lo haces y ya. Déjalo.

—Y esperar, ¿cierto? ¿Esperar a que él me lo cuente? ¿Esperar el momento perfecto?

—Sí, así es.

—¿Y qué si ese momento no llega nunca?

—No llega nomás.

—¿Y eso es todo? ¿Así como así? ¿Se acabó?

—Sí. Así es si lo quieres.

De repente me di cuenta que ahora era mi turno de guardar un secreto. No me gustaba lo que estaba oyendo. Aún así sabía dentro de mi corazón que Jessica tenía razón.

—Aún estoy aquí —me aseguró—. No estás solo.

Coloqué todas las cosas en la caja y dije: —Tienes razón, Jessica. Sé que lo que dices es cierto.

Ella me susurró: —Abrazo.

Nos abrazamos un buen rato. En el momento correcto, nos besamos, y luego nos miramos a los ojos. Supimos en ese mismo momento que aunque fuéramos a UCLA y no tomáramos las mismas clases, que no nos habláramos todos los días o que conociéramos a alguien más o reprobáramos, que no debíamos preocuparnos porque nuestro amor era el tipo de amor que dura toda la vida.

CAPÍTULO 8

Las sospechas de mi madre

Al siguiente día enterré la caja de metal en el jardín, pero primero la puse adentro de un contenedor de plástico para prevenir que siguiera deteriorándose. Después hice mi mayor esfuerzo para no pensar en el secreto de mi padre. Era difícil, especialmente cuando lo veía en la cena o en la iglesia, y sobre todo cuando trabajábamos juntos en el jardín. Fue aún más difícil ocultarle a mi madre que Papi había sido prisionero de guerra. Tenía que decírselo. Pero no sabía cómo.

Cuando le pedí un consejo a Jessica sobre cómo decírselo a Mamá, ella me dijo exactamente lo que pensé que me diría: —Sólo díselo.

—Pero, ¿cómo hago eso?

—Lo haces y ya.

—Es fácil decirlo.

—No, es fácil que *tú* lo digas.

Me resigné a lo inevitable y dije: —Le va a doler.

—Te podría sorprender —me aconsejó Jessica—. Probablemente es más fuerte de lo que te imaginas.

Digo, ha vivido con el llanto y los gritos de tu padre por mucho tiempo.

—Desde antes de que yo naciera.

—A lo mejor resulta que el que hayas encontrado el tesoro de tu padre sea algo bueno, porque ahora ya conoces su secreto y lo puedes compartir con ella.

Aunque no quería darle la razón, sabía que Jessica estaba en lo cierto. No me imaginé cuán en lo cierto estaba hasta que me dijo: —¿No fuiste tú quien le dijo por qué lloraba y gritaba tu padre cuando tenías siete años?

Tenía razón. Sonreí y la abracé. —¿Qué haría sin ti?

—No te preocupes —dijo y me dio un beso—, eso es algo que no tendrás que averiguar nunca.

Al siguiente día, me apuré para llegar a casa. Era jueves. Mi madre estaba en la cocina preparando la cena. Me preguntó cómo estaba y le respondí que bien, que si podíamos hablar.

—¿Hablar de qué? —me preguntó.

—Sobre Papi —dije—. Hay algo que tienes que saber.

Dejó a un lado la cuchara que estaba usando para revisar si ya se habían cocido los frijoles, y juntos fuimos a la sala y nos sentamos.

—No sé si vio el dibujo de un mapa que Papi tiene en su caja de recuerdos.

—¿Las líneas y las equis? —me preguntó.

—¿Lo vio?

—No hay nada en esa caja que no haya visto —me dijo.

—Es un mapa —le dije—, de nuestro jardín. El mapa de un tesoro. La equis grande que está encima de las líneas, indica un lugar en el jardín en donde encontré otra caja con recuerdos de guerra de Papi. Había unas medallas y una cruz hecha de hoja de palmera y el brazalete de Papi de cuando era médico. También había una carta de su amigo "The Norm". La carta dice que él y Papi fueron prisioneros de guerra.

Mamá se puso de pie y fue andando hacia su cuarto. Dijo que volvería en un ratito.

Escuché que estaba buscando algo. Luego vi que volvió a la sala y me entregó dos documentos: un telegrama del Western Union y una postal. Estaban dirigidos al padre de Papi, Arturo Acevedo. El telegrama decía que Papi estaba desaparecido en combate, y la postal tenía sólo una línea que decía: "Te amo, Eliseo". Debajo del mensaje había un mapa hecho a mano: cinco líneas con equis encima de cada una y una equis más grande en la esquina derecha de las líneas.

—La madrastra de Papi me dio esos dos documentos cuando murió el padre de tu papá.

Despacito, la realización de lo que tenía en mis manos me cayó como un balde de agua fría. —¿Así es que ya sabía que Papi fue prisionero de guerra?

—Sospechaba algo —dijo—, pero no estaba segura de ello. Ahora, sí.

Mi primera reacción del porqué ella mantuvo este secreto podría haber sido el enfado, pero no fue así. Ya había aprendido que los secretos se revelan en el momento correcto.

—El padre de Papi —dijo—, nunca le contó a su esposa sobre el telegrama o la postal. Los mantuvo en secreto. No fue hasta que él murió que ella encontró los documentos. Nunca sintió que era su lugar preguntarle a Papi sobre ellos. Quería que yo los tuviera para que yo se lo preguntara cuando estuviera lista.

Mi mamá empezó a llorar y, entre sollozos, dijo: —Nunca pensé que llegaría el momento perfecto para preguntarle sobre esas cosas. Ahora, gracias a ti, Tomás, ha llegado el momento.

Abracé a mi mamá por un buen rato. Ahora me tocaba a mí, al final, cuidarla. Le susurré: —Está bien, Mami. Todo está bien. Aquí estoy.

La dejé llorar. Cuando sus hombros se relajaron y el peso de su cuerpo descansó en mis brazos, supe que se había liberado de su pasado.

—¿Recuerdas —susurró— cuando estabas chico y me preguntaste si sabía por qué lloraba y gritaba Papi?

—Sí —le respondí—. Sí lo recuerdo.

—¿Recuerdas lo que dije?

—Dijo que no lo sabía.

—Sí, y luego me preguntaste si estaba bien si tú se lo preguntabas. Te dije que no. Me hubiera gustado haberte dicho sí.

—Estaba chico, Mami, demasiado chico para hacer una pregunta de adulto.

Me abrazó más fuerte y susurró: —No sé qué haría sin ti.

—No se preocupe —le dije—, porque eso es algo que ni usted ni Papi van a tener que averiguar nunca.

CAPÍTULO 9
La interrogación

En los próximos dos días, mi madre y yo planeamos cómo decirle a Papi que ya sabíamos que había sido prisionero de guerra. Yo empezaría a hablar sobre el tema de la Segunda Guerra Mundial y de mi tesis. Luego le preguntaría a Papi si lo podía entrevistar y si podría considerar hablar en mi clase sobre su experiencia en la guerra. Luego buscaríamos la forma de decirle que ya sabíamos que fue prisionero de guerra.

Y en eso estábamos el sábado por la mañana, yo, Papi y Mami disfrutando de un desayuno de huevos rancheros con papitas y frijoles con tortillas recién hechas, y un tazón de chile verde al lado. Justo como Mami y yo lo habíamos planeado, hablamos de esto y aquello y cuando se dio el momento perfecto, empecé a hablar sobre mi tesis. Discutimos el tema unos minutos. Luego le pregunté a Papi si lo podía entrevistar para mi investigación.

Mi madre y yo pensamos que iba a decir que no, o por lo menos que lo pensaría. Para mi sorpresa, dijo "Sí" de inmediato, y agregó: —¿Cuándo quieres hablar?

Sorprendido con su respuesta, dije algo medio estúpido y formal como, "Gracias, se lo agradezco. Sería perfecto el lunes".

Menos mal que mi mamá dijo algo que no habíamos planeado: —¿Está bien si Tomás lleva tu caja de recuerdos de guerra a la clase?

—Buena idea, Mami —agregué para apoyarla—. Sé que mi clase se lo agradecería, y el Señor Fox se va a volver loco. ¿Qué dice, Papi?

—Claro —respondió.

Mi madre agregó un "Um", que sonó muy profesional y luego dijo: —Tengo una mejor idea . . . ¿Por qué no hablas sobre tu experiencia en la guerra en la clase de Tomás, en persona?

Ahora fue él quien puso el tenedor sobre la mesa, y en vez de decir "Sí" tan rápido como antes, se tomó unos segundos para decir: —No, no tengo nada que decirles.

—Les puedes contar de cuando fuiste médico —sugirió mi madre con rapidez.

—O de cuando atravesó el Océano Atlántico rumbo a Francia —agregué.

—O de tus amigos —sugirió mi madre.

—O de cuando volvió a casa después de la guerra —dije.

—Viste —dijo mi madre—, hay mucho de lo que puedes hablar.

—No —dijo mi padre—, no les podría decir nada más de lo que pueden aprender con un libro.

Empezó a comer otra vez mientras yo seguí argumentando que un libro no era más que palabras, y él era una persona de carne y hueso que respiraba y que había sobrevivido la Segunda Guerra Mundial. Se quedó sentado oyendo y comiendo, y cuando estaba a punto de discutir el próximo punto, mi mamá se levantó de la mesa y dijo: —Ya vuelvo.

Estaba ejecutando el Plan B, nuestro plan de contingencia, el que habíamos acordado si lo demás fallaba. Volvió al comedor y le entregó a Papi el telegrama y la postal que me había enseñado un par de días antes.

—Quizás —dijo— puedes hablar sobre esto.

Papi vio los documentos y levantó la vista hacia Mami. —¿De dónde sacaste esto?

—Tu madrastra —dijo—, me los dio después del funeral de tu padre. Me dijo que te los mostrara cuando considerara que era el momento correcto.

Se agudizó su voz, y agregó: —Y bueno, creo que ese momento es ahora. El telegrama deja claro que estuviste desaparecido, y la postal que fuiste prisionero de guerra . . . Porque si hubieras tenido la libertad para escribir, tu madrastra dice que habrías escrito algo más que "Te amo".

Papi se quedó sentado sin decir nada, con la vista baja. Después de un momento, levantó la cara y miró a mi madre. —Los guardias nos hacían que escribiéramos a casa —explicó—. Nos daban un pedazo de lápiz y hojas de papel usado. Por un lado tenían escritos en alemán y por el otro estaban en blanco. Con el lápiz y el papel entregaban un sobre, un sobre usado. Tachábamos las direcciones alemanas y escribíamos las nuestras.

<<El resto de los médicos y yo sabíamos que los guardias hacían esto para bajarnos el ánimo. Pensamos, como muchos otros hombres, que no tenían ninguna intención de mandar nuestras cartas o postales. De todos modos, nosotros los médicos, instábamos a los hombres a que le escribieran a sus esposas, hijos, padres, madres, a cualquier persona que los motivara a vivir.

<<Nos dejaban escribir dos cartas o dos postales por semana. Recé para que una de ellas le llegara a mi madrastra y a mi padre . . . y aquí está, mi oración fue escuchada>>.

Se detuvo un momento, luego agregó: —Los nazis me consideraban un ser indeseable. Me lo dijeron. . . .

Parecía que Papi estaba alterado y por eso lo interrumpí: —Está bien, Papi, está bien. No tiene que contarnos.

—No —insistió—, déjenme terminar lo que tengo que decir. Ya es hora de que tú y tu madre sepan la historia.

<<El día que me capturaron, los alemanes nos hicieron quitarnos los zapatos, y luego nos hicieron marchar por la nieve que nos llegaba hasta la cintura. Nos llevaron a un tren que nos esperaba y en donde nos arriaron hacia los vagones de ganado, íbamos tan apretados que no podíamos ni respirar ni movernos. Después de viajar varios días por temperaturas bajo cero con nada que nos pudiera proteger del frío sólo el calor de nuestros cuerpos, llegamos a Stalag IX-B, el campamento de prisioneros de guerra. Nos encerraron en nuestras barracas. En la segunda noche oímos el traqueteo de la cadena que aseguraba la puerta y vimos que tres policías de la SS entraron con sus metralletas apuntando para todos lados. Detrás de ellos entró un capitán general de la Gestapo con su abrigo largo y negro, botas altas y un monóculo sobre el ojo. Era como en las películas.

<<El capitán general nos estudió a cada uno mientras fumaba su cigarrillo por una boquilla. Finalmente, me apuntó a mí con el dedo. Los guardias alemanes me empujaron para que lo siguiera. Fui el único soldado así señalado. Caminamos por el campamento hasta que entramos a un edificio bien cuidado. Entramos a un cuarto que sólo tenía dos sillas, una mesa y una lámpara. Él se sentó en un lado de la mesa y yo en el otro.

<<Me dijo: "Ustedes, los médicos, ¡saben lo que está pasando al otro lado de las líneas! ¿Cómo te llamas?"

<<Le dije que no sabía nada, luego le dije mi nombre, rango y número de serie.

<<Se rio, y dijo: "No, no, no . . . ¡tú sabes algo!"

<<Le repetí que no sabía nada, que sólo era un médico.

<<Luego, cambiando a un español fluido, dijo: "Oh, sí, ¡sí lo sabes! He oído tu historia muchas veces. ¿Sabes? Yo sé todo sobre ti".

<<Me dijo que yo había nacido en San Bernardino y que había vivido allí con mis padres, que el gobierno estadounidense nos había deportado y que mi familia vivía en Durango, México. Dijo: "Eso es lo que los americanos le hacen a la gente como tú, a los mexicanos".

<<Me dijo que mi padre era un ingeniero y que mi madre había sido médico, y que había fallecido, y que mi padre se había vuelto a casar".

<<Le dije que estaba equivocado, pero que era cierto todo lo que había dicho sobre mi vida>>.

Cuando era pequeño, Papi me había contado la historia de haber nacido y crecido en San Bernardino, donde los judíos, afroamericanos, italianos y méxico-americanos vivían con libertad porque las leyes, escritas o no, no les permitían vivir en Los Ángeles o en ciertos barrios. Me contó que él había nacido allí y por eso era ciudadano de los Estados Unidos, pero sus padres habían nacido en Durango, México.

—No sabía cómo es que él sabía todo eso sobre mí —continuó Papi—, pero no sabía sólo de mí. Tenía datos de algunos de los demás hombres a quienes interrogó después. Aunque tuviera razón, no se la iba a dar.

—Cuando le dije que estaba equivocado, me dio una cachetada y me gritó que él no era un idiota. Luego me dijo que yo me había ido de México a los diecisiete para enlistarme en el ejército. Dijo que todos sabían que ésa era la verdad y que dejara de mentir. Cuando no dije nada, me volvió a dar una cachetada y me metió agujas por debajo de las uñas. Seguía hablando español y diciéndome que era un mojado estúpido, que los americanos blancos no me miraban nada más que como a un mono. Un ser inferior a ellos. Alguien a quien le dejarían pelear y morir por ellos, pero a quien nunca aceptarían como su par. Nunca. Me preguntó: "¿Por qué crees que no dejan a las personas como tú, como tu familia, vivir entre ellos?"

<<Dijo que eso era porque yo era un ser indeseable, cuyo único propósito en la vida era servir a los americanos y hacer bebés. "¿Y por qué?" quiso saber, "¿hacen tantos niños si no son lo suficientemente hombres como para mantener a los que ya tienen?"

<<Quise decirle que estaba equivocado, que no estaba casado y que no tenía hijos, pero no lo hice porque sabía que eso sólo lo haría golpearme más. En vez

de eso hice mi mejor esfuerzo para ignorarlo, para pensar en cuidar de mis hombres y en volver a casa.

<<El capitán general se rio y dijo que debería considerar cambiar de bando, que los alemanes eran gente que sabía tratar a hombres como yo, darles el respeto que nos merecíamos. Me prometió que me mandaría a la escuela de medicina en Munich y que me trataría mucho mejor si le contaba todo lo que sabía. Me dijo que lo pensara. Luego me llevaron de vuelta a mi barraca. No lo volví a ver después de eso, pero intentó convencer a otros con la misma oferta. Ninguno de nosotros la aceptó>>.

Papi se quedó callado y luego dijo en voz bajita: —Lo siento, perdónenme por no haberles contado esto antes.

Cuando dejó de hablar puso la postal en la mesa. Apunté al dibujo que estaba debajo de las palabras: "Te amo".

—¿Y esto, qué son estas líneas y equis, Papi? —le pregunté.

—Un mapa —dijo—, del jardín de mi familia.

—Y el mapa en tu caja de recuerdos —le pregunté—, es muy parecido a este. ¿Ese también es un mapa del jardín de tu familia?

Levantó la postal y dijo: —No, no lo es. El mapa en mi otra caja es del Stalag IX-B, el campamento de los prisioneros de guerra en donde estuve.

Me sorprendió lo que dijo. ¿Había sido un error, una casualidad afortunada, el que yo creyera que el mapa en su caja de recuerdos era el mapa de nuestro jardín? ¿El que yo hubiera encontrado su tesoro escondido?

Dejó de hablar, y después de unos segundos, salió por la puerta que daba al garaje.

Estaba a punto de salir corriendo detrás de él, cuando mi madre me dijo: —Tomás, déjalo.

Mi padre había desaparecido pero no por mucho tiempo. Cuando volvió, para mi sorpresa, traía la caja de tesoros del jardín. La caja aún estaba adentro del contenedor de plástico.

—Tomás —preguntó—, ¿tú hiciste esto?

Quería mentirle y decirle que no, que no había sido yo. Si él sabía la verdad, temía que lo hiciera enojar. ¿Pero mentirle a mi padre? Nunca.

—Sí, Papi —le confesé—, fui yo.

—Cuando enterré esta caja —dijo—, sabía que el metal se oxidaría con el tiempo y que las cosas en la caja se destruirían. Pero, aquí están, todas enteritas . . . gracias a mi hijo, mi hijo hecho hombre. Gracias, m'ijo.

Papá empezó a llorar y me abrazó. Luego estiró los brazos hacia mi madre. Ella se acercó, y nos abrazamos.

De repente, mi padre dijo: —Tomás, cambié de opinión. Pregúntale a tu maestro si puedo ir a hablar a tu clase. Este americano tiene algo que contarles.

CAPÍTULO 10
El infierno de mi padre

La visita de mis padres a mi clase se dio un par de días después de que Papi nos contara su secreto. La directora los llevó a mi salón. Se los presentó al Señor Fox, y luego éste los presentó a la clase. Mi padre puso las cajas con sus recuerdos en el escritorio del Señor Fox mientras que mi madre y la directora fueron a sentarse al fondo del salón.

Papi les deseó un buen día a todos y luego apuntó hacia mí y jugando dijo: —Ése es mi buen día.

Luego empezó a hablar de sus experiencias. Habló sobre el asesinato de su mejor amigo, Murray. Mencionó a su camarada "The Norm" y explicó que todos habían trabajado como médicos. Dijo que él podría haber muerto en la batalla si no fuera porque el equipo médico que cargaba sobre la espalda había atajado una bala. Había oído la historia antes, así es que no me tomó desprevenido.

—Mis hombres y yo —dijo—, fuimos tomados como prisioneros durante la Batalla de las Ardenas y

encarcelados en Stalag IX-B. Nos golpeaban y nos encerraban en las barracas por casi veintidós horas al día. Las barracas no tenían suficientes camas, así es que 1,500 hombres dormían sobre el suelo, la mayoría sin cobijas. No habían productos de limpieza y no teníamos forma de lavar nuestra ropa. Más de cuatro mil prisioneros de guerra americanos compartían una letrina hecha para cuarenta personas y tomaban una sopa aguada hecha de verduras podridas. Para no morirnos de hambre o de sed, comíamos nieve.

Les mostró sus medallas y la cruz que había hecho con la hoja de palmera. —Tenía casi treinta de estas cruces cuando llegué a Francia. Cada vez que me encontraba con alguien que estaba a punto de darse por vencido, rezaba con ellos, les daba una cruz y les decía que no perdieran la esperanza.

—Stalag IX-B —concluyó—, fue liberado el 30 marzo de 1945, pero yo no estuve allí cuando eso sucedió.

Confundido, volteé a ver a Jessica, quien estaba sentada a mi lado, y pregunté: —¿Dónde estaba?

Al mismo tiempo, uno de mis compañeros preguntó: —Señor Acevedo, ¿si no estaba allí, dónde estaba?

—Después de haber estado detenido en Stalag IX-B por varias semanas —dijo y volteó para mirarnos a mi madre y luego a mí—, nos movieron a mí y a unos 350

prisioneros de guerra a Berga an der Elster, un campo de concentración mejor conocido como Berga.

Al oír esas tres palabras, "campo de concentración", sentí que no podía respirar. De todas las palabras que imaginaba que podrían haber salido de la boca de mi padre, ésas eran las últimas que esperaba oír en ese momento. Siempre me había imaginado y le había dicho a otros, hasta a mi clase, que creía que mi padre había estado en un campo de concentración. Pero por nada del mundo me imaginé que eso fuera cierto. En un instante me vino a la mente una serie de preguntas. ¿Por qué no nos lo había contado, especialmente a mi madre, el sábado, incluso antes del sábado? ¿Qué le había pasado? ¿Qué había visto? Y lo que era más importante, ¿tenía yo razón de que el número en su brazo lo habían puesto allí los nazis? Y ¿era esto, finalmente, la verdadera razón por la que lloraba y gritaba?

Mi madre me llamó para que fuera a sentarme a su lado. Fui hacia ella sin hacer ruido.

—A los que nos llevaron a Berga —continuó Papi—, nos eligieron porque parecíamos judíos o hablábamos como ellos o teníamos nombres que sonaban a judío o porque nos consideraban buscapleitos. Nos golpeaban con mangueras de plástico y nos daban culatazos con los rifles, nos hacían pasar hambre . . . Todos, menos los médicos, tuvieron que cavar uno de los diecisiete túneles para el gobierno alemán. Los médicos tenía-

mos que cuidar a los enfermos . . . pero no había forma
de curar a los que tragaban el polvo y las partículas de
metal que flotaban en los túneles . . . o aquellos que
poco a poco se estaban muriendo de tanto trabajar y
de pasar tanta hambre.

Con voz bajita dijo: —Unos murieron en mis brazos,
y algunos murieron a balazos cuando intentaron esca-
par. —Mi madre me tomó la mano y la apretó fuerte—.
A los que morían los dejaban afuera, al lado de la entra-
da de las barracas, donde habían estado detenidos para
que todos los vieran. A veces los dejaban allí varios días
antes de que fueran arrojados a un hoyo en la tierra y
quedaran en el olvido.

En este momento, mi padre se tocó el bolsillo del
pecho en la chaqueta y sacó un libro pequeño. —Este
diario es donde guardé un récord de los soldados americanos que supe que murieron. Es el diario de lo que
nos pasó.

—¿Un diario —preguntó uno de mis compañeros—,
cómo el de Ana Frank?

—No es exactamente como el de ella —dijo mi
padre—, pero sí es un diario.

—¿Tuvo miedo? —preguntó alguien.

Mi padre levantó su cruz de hoja de palmera, y dijo:
—Sí, así como todos los demás. Les decía una y otra
vez que rezaran, que no dejaran de rezar, que Dios
estaba con nosotros, que íbamos a estar bien. Les

pasaba mi cruz a los demás y ellos la besaban antes de pasársela a alguien más.

—Señor Acevedo —preguntó el Señor Fox—, ¿cuándo fue liberado usted?

Mi padre le dio vuelta a la última hoja del diario y leyó: —Nos liberaron el 23 de abril de 1945.

Mi padre se levantó sin hacer ruido y dijo: —Pero antes de que nos rescataran, aquellos que quedábamos, unos trescientos, nos hicieron marchar más de 125 millas en un periodo de dos semanas y media. Cuando nos liberaron, sólo quedábamos 169. Las firmas en este brazalete son las de las personas que fueron liberadas el mismo día que yo.

Papi levantó el brazalete para que lo viera la clase, y luego lo dobló a la mitad y lo volvió a poner en la caja. Nadie sabía qué hacer cuando Papi terminó. Empecé a aplaudir. Los demás también aplaudieron.

Papi levantó la mano y dijo: —Esperen, tengo que decir algo más.

Con eso, mi padre sacó un papel del bolsillo del pantalón. Lo abrió, y mientras hacía eso, dijo: —Dos días después de que fuimos liberados del campo de concentración, el gobierno de los Estados Unidos me ordenó a mí y al resto de los soldados que sobrevivimos Berga y la marcha de la muerte que firmáramos una declaración jurada que requería que mantuviéramos en secreto lo que nos sucedió. Nos dijeron que si

alguna vez rompíamos el silencio, que pagaríamos un precio muy alto. Tengo copia de lo que firmé.

Mi padre leyó del papel que tenía en las manos:

Las actividades de los prisioneros de guerra americanos en los campos de prisión alemanes deben mantenerse en secreto no sólo durante el tiempo que dure la guerra contra los enemigos actuales de los Estados Unidos sino también durante el periodo de paz. No debe hacer un recuento de su experiencia en libros, periódicos, diarios, programas de radio o televisión o en presentaciones. Tiene que tener cuidado con representantes de la prensa.

Entiendo que si no respeto este acuerdo estaré expuesto a una sanción disciplinaria.

Cuando mi padre terminó, bajó la declaración y dijo: —Guardé por más de veintidós años el hecho de que los soldados estadounidenses fueron detenidos en Berga porque eran judíos o se pensaba que lo eran, pero ya no puedo ocultarlo. Quiero que desde ahora en adelante se sepa que hubo soldados americanos presos en Berga y que muchos murieron allí y en la marcha de la muerte.

Mis compañeros empezaron a aplaudir mientras mi padre dobló el papel. Yo y mi madre también aplaudimos. Luego nos acercamos a Papi y nos abrazamos.

Papi dijo suavemente: —Perdónenme, perdónenme por que no haber quebrado mi silencio antes.

Mi madre y yo no dejábamos de decirle que no era su culpa, que estaba bien.

—Gracias, Papi —le dije—, gracias por contarnos su secreto.

Mi padre me dijo: —De nada —y agregó—, es una decisión que me hubiera gustado haber tomado mucho antes, cuando a los doce años me pediste que hablara a tu clase.

Los estudiantes seguían aplaudiendo, y el Señor Fox levantó la mano para indicar que tenía algo que decir.

—Señor Acevedo —dijo, y caminó hacia mi padre—, le debo una disculpa a usted y a su familia. Cuando Tomás me dijo que vendría a hablarle a la clase, él aludió a que usted había sido prisionero de guerra en un campo de concentración. Yo dudé de él. Lo siento, y gracias por su servicio y el sacrificio que ha hecho por este país.

Cuando el Señor Fox le estrechó la mano a Papi, un compañero dijo: —¿Y qué del número en su brazo, Señor Acevedo? Tomás cree que los nazis se lo pusieron allí.

Sin vacilar, mi padre le mostró el número en el brazo a la clase y dijo: —Mi hijo se equivocó. El número en mi brazo no tiene nada que ver con los nazis o con ser un prisionero de guerra.

—Entonces, ¿de dónde viene? —preguntó otro de mis compañeros.

—Eso —dijo Papi— es una historia que aún no estoy listo para compartir.

Luego juntó sus cosas, se despidió y dio las gracias por la atención, y salió del salón seguido por mi madre y la directora.

Me quedé parado un segundo, luego le pregunté al Señor Fox si me daba permiso de acompañar a mis padres hasta la puerta.

—Por supuesto —dijo—, anda, por favor.

Los alcancé. Cuando llegaron a la puerta la directora le dio la mano a mi padre y le agradeció por su servicio y por haber compartido su increíble historia. La directora después le preguntó si estaría dispuesto a compartir su historia con el resto de la escuela y otras escuelas del distrito. Mi padre dijo que sería un honor hacerlo.

—Luego le confirmo —le dijo la directora, y se volteó hacia mi madre y yo—. Seguro que ambos están muy orgullosos al saber de todos los sacrificios que ha hecho el Señor Acevedo.

Aunque ésta era la primera vez que habíamos oído que había estado en un campo de concentración, dijimos: —Sí, estamos muy orgullosos.

Se fue y salimos de la escuela. Mi madre se acercó a Papi y lo abrazó. Estaba llorando y diciendo que estaba muy contenta de que Papi por fin había compartido este secreto, que le hubiera gustado que no se lo guardara por tanto tiempo.

Papi le dijo que la amaba y que lo sentía: —Estaba muy joven. Tenía miedo de hablar. De meterme en problemas con el gobierno. Ahora ya estoy mayor y no me importa si me hacen algo. Por lo menos el mundo se enterará de la historia de los hombres que fueron detenidos en Berga y de los que murieron allá en la marcha de la muerte.

Aunque la historia era increíble sabía que mi padre aún guardaba otro secreto: el del número en su brazo. Cuando pensé en lo que podría ser ese secreto, me consolé al pensar que fuera lo que fuera, no podría ser tan doloroso como lo que había esperado veintidós años para contarnos.

Me gustaría decir que tenía la razón, pero era así.

CAPÍTULO 11
Los indeseables

En las siguientes semanas, Papi no sólo había compartido su historia con los estudiantes en mi clase sino que también la había compartido con el resto de las escuelas del distrito y con las escuelas de todo el estado de California. Encima de todo esto, Papi también había hecho entrevistas con periodistas de todo el mundo, y poco después también hizo entrevistas para la televisión.

Todo esto estaba bien, pero para mí, sólo había una persona con la que él tenía que hablar, y esa persona era yo. Sólo había una pregunta que requería una respuesta: ¿Por qué tenía ese número en el brazo?

No quería presionarlo para que me lo dijera, pero pensé que si no se lo preguntara, la oportunidad de saber lo del número no se volvería a dar. Así es que una tarde cuando estábamos trabajando en el jardín mencioné el número en su brazo a propósito. El haber abordado el tema no le sentó bien.

—Te contaré lo del número en mi brazo cuando esté listo, y no antes, ¿entiendes?

Actué ofendido, y dije: —¿De qué está hablando, Papi? No le estoy pidiendo que me cuente la historia.

—No soy un idiota —dijo—. No me trates como uno.

Debí haberme disculpado y dejarlo, pero no: —Mire —dije—, me puede contar la historia si quiere. Es su decisión. Porque si no se ha dado cuenta, ya no soy un niño. Estoy a punto de cumplir dieciocho años, no hay nada que me pueda decir que me sorprenda. Digo, fue prisionero de guerra y estuvo en un campo de concentración . . . ¿qué otra cosa hay peor que eso? Además, cuando tenía doce años, me prometió que me contaría la historia. Me imagino que hay promesas que se hacen para romperse.

Traté de volver a lo que estaba haciendo, pero no importaba cuánto lo intentaba, no dejaba de sentirme como un idiota por lo que acababa de decir. —Lo siento, Papi. Perdóneme por hablarle como lo hice.

—Te perdono, m'ijo. Es que es difícil hablar sobre esa parte de mi vida. Apenas tenía ocho años cuando pasó.

—¿Qué, Papi? ¿Cuándo sucedió qué? Mire, ¿quiere que guarde el secreto entre nosotros dos? Sólo dígamelo, y yo guardaré el secreto.

—No hay que guardar ningún secreto de nadie —dijo—. Tu madre lo sabe. Se lo dije.

—¿Se lo dijo a ella y no a mí?

—Le dije que no te lo dijera, que yo quería contártelo.

—¿Que no ve, Papi . . . que no ve que cómo Mami y yo siempre hemos querido saber sus secretos para que usted no tuviera que cargar con ellos solo? Estamos aquí, Papi. Queremos ayudarlo. Cuidarlo. Lo queremos tanto.

Sin decir una palabra, Papi caminó a la mesa de picnic debajo del árbol más alto en nuestro patio. Lo seguí, y nos sentamos.

—¿Recuerdas que te conté que tenía ocho años cuando dejé mi primera casa en San Bernardino? Dije que mis padres y yo dejamos nuestra casa porque las visas se habían expirado, pero eso no es cierto.

—¿No es cierto? —pregunté—. ¿Entonces por qué? ¿Por qué se tuvieron que ir?

—Para celebrar mi Primera Comunión mis padres me llevaron a comer a un restaurante en la calle Olvera en Los Ángeles. Era un jueves, el 26 de febrero de 1931. Llevaba mi nuevo traje que tenía grabado el molino de Don Quijote en el bolsillo en el pecho del saco. Mis padres llevaban puesta su mejor ropa. Lo pasamos bien en el restaurante y cuando íbamos caminando por Placita Park, la gente empezó a gritar y a correr.

—¿Correr? ¿De qué?

—La policía y la patrulla fronteriza, la migra . . . estaba deteniendo a la gente para revisar si tenían sus papeles consigo. Nos hicieron esperar en una cola. Cuando

fue el turno de mi padre, él le dijo al agente que él y mi madre habían nacido en México, pero que yo había nacido en los Estados Unidos. El agente les pidió las visas y mi padre le dijo que estaban en casa. El agente le dijo que era un mentiroso, que se pusieran en la cola con la gente que estaba esperando que los interrogaran.

<<Esto sucedió durante la Gran Depresión, un tiempo cuando la gente que se llamaban 'verdaderos americanos' pensaban que los mexicanos les estaban quitando los trabajos o recibiendo servicios de beneficencia que les pertenecían a ellos. Querían que nos fuéramos de los Estados Unidos lo más pronto posible.

<<Como una hora después el agente de la migra dijo que les iba a entregar un documento que debía firmar cada persona. "El formulario" dijo el agente en español, "dice que ustedes van a regresar a México por su propia voluntad y su familia va a regresar con ustedes".

<<A la gente le tomó un buen rato entender lo que les estaba diciendo, pero cuando se dieron cuenta, las mujeres y los niños empezaron a llorar y los hombres se opusieron, gritando que no iban a firmar nada. El agente les dijo que no tenían otra opción. "¡No papeles!" gritó, "¡No en América!"

<<Justo en eso llegaron al parque unas trocas de plataforma. La gente gritó y algunos hasta empezaron a correr, pero no pudieron escaparse. Había una cerca de hierro alrededor del parque. Había guardias en la entrada y en la salida>>.

—¿Así es que su padre no tuvo otra opción?

—Ninguna —dijo Papi—. Lo firmó y nos subieron a la plataforma de la troca y nos llevaron a la Estación La Grande.

<<La estación estaba llena de gente. Algunos tenían baúles, otros maletas, pero la mayoría no tenía nada más que la ropa que llevaba puesta. Las mujeres y los niños estaban llorando. No querían irse de los Estados Unidos. Nadie quería eso. Amábamos nuestro país. Éramos americanos. La mayoría de nosotros no conocíamos a nadie en México, no hablábamos español, ni siquiera habíamos estado en México.

—Y usted, Papi —le pregunté—, ¿cómo se sintió?

—Cuando el tren salió de la Estación La Grande, sólo podía pensar en nuestra casa y los amigos de la escuela. Me preguntaba si me iban a extrañar y si los volvería a ver. Pensé en el jardín de mi familia y de cómo mi padre y yo no estaríamos allí para cultivarlo en la primavera.

<<Durante el viaje en tren a la frontera mexicana, paseamos en vagones de pasajeros. No permitieron bajarnos del tren hasta que llegamos a la frontera. Al llegar allí, se abrieron las puertas, y nos ordenaron que bajáramos. Luego unos guardias mexicanos armados nos subieron a los vagones de otro tren que usaban para transportar ganado.

—¿Cómo los vagones de ganado de cuando fue prisionero de guerra?

—El mismo tipo —respondió Papi—, pero antes de que nos dejaran subirnos, nos hicieron caminar por unas bandejas de desinfectante y así limpiarnos los pies para que no infectar el ganado.

<<Hicimos lo que nos dijeron. Algunas personas preguntaron sobre los baúles y las maletas que habían traído consigo. Los guardias mexicanos les dijeron que tenían sus pertenencias en el vagón de carga y que podrían recogerlas cuando llegaran al destino final.

<<Los vagones de ganado estaban sucios y apestaban. Nuestras madres nos dijeron que tuviéramos cuidado dónde pisáramos y nos sentáramos, porque había caca y orina de vaca pegados al heno. El vagón iba repleto de gente y nos dijeron que si no hacíamos espacio, algunas personas se iban a quedar atrás.

<<Hasta entonces había sido valiente por mi madre, pero cuando los guardias empezaron a hablar sobre la separación, me dio miedo. No sabría que hacer si perdiera a mi padre, mi madre. No tenía idea, pero sí lo podía imaginar. Estaría perdido, solo, sin un lugar a donde ir, a quien llamar Papi, Mami.

<<Empecé a preguntarme si los guardias nos iban a golpear, o hasta dispararnos. Mi cuerpo empezó a temblar y empecé a llorar como el resto de los niños. Mi madre me abrazó. Trató de calmarme, pero luego también empezó a llorar. Mi padre trató de calmarnos a los dos contándonos historias de cómo su familia en Durango nos iba a ayudar.

<<El tren hasta el interior de México duró el resto del día y parte del próximo día. Hacía frío. No teníamos cobijas. Los hombres nos dieron sus abrigos y chaquetas. La gente compartió la poquita comida y agua que tenía. Cuando los niños tenían que usar el baño, ellos, junto con sus padres, zigzagueaban hasta llegar a la parte trasera del vagón, donde sus padres hacían lo que podían para protegerlos.

<<Cuando llegamos al destino final, quitaron los candados y abrieron las puertas. Los guardias mexicanos nos ordenaron a bajar apuntándonos con sus pistolas. Unos guardias con linternas se aseguraron de que el vagón estuviera vacío. Luego, de la parte trasera del tren oímos que aventaban los baúles y las maletas a la terminal.

<<Los padres y las madres empezaron a correr para reclamar su equipaje. Uno de los guardias mexicanos disparó su rifle al aire. Ordenó que todos se detuvieran. La mayoría lo hizo, pero algunos no. El guardia y algunos hombres, mujeres y niños corrieron y empezaron a gritar: "¡Dejen de correr! ¡Dejen de correr!"

<<Sin un aviso ni nada, el guardia disparó hacia los que estaban corriendo. Alguien gritó, "¡Agáchense!" Una mujer cayó al suelo. La gente a su alrededor se dio cuenta de que la habían herido. Todos se quedaron agachados.

<<El guardia mexicano enseguida ordenó: "¡Párense y levanten las manos!" Todos, menos la mujer que

fue la primera en caer, levantaron las manos. Su esposo e hijos corrieron hacia ella, y lloraron: "¡Mami! ¡Mami! ¡Levántate! ¡Levántate!" Luego su esposo la tomó en sus brazos y llorando dijo: "¡No te mueras! ¡No te mueras! ¿Me oyes, Cecilia? ¿Me oyes? ¿Me oyes? ¡No te mueras! ¡No te mueras!"

<<Una madre y esposa había muerto y todo lo que al guardia se le ocurrió decir fue: "Eso es lo que pasa cuando no siguen las órdenes".

<<Los guardias nazi les dijeron las mismas palabras a mis hombres antes de golpearlos y matarlos. Y cuando terminaron, repitieron: "¿Ven lo que pasa cuando no siguen las órdenes?"

<<Mi'jo, vi cuando subieron a la señora Cecilia y a su familia en un vagón como si fueran ganado, y el tren empezó a retroceder poco a poco hasta que desapareció en la oscuridad. Qué pasaría con ellos, no lo sé, pero eso me persigue, me persigue tanto como las muertes de los prisioneros de guerra que están en mi diario.

<<Cuando se fue el tren, quedamos en medio de la nada. Algunas personas decidieron caminar por las vías del tren. Otros decidieron quedarse y empezar de nuevo por la mañana. Mis padres y yo nos quedamos. Hacía frío esa noche. El suelo estaba mojado. Todas las mujeres a nuestro alrededor rezaban y los niños lloraban: "Tengo sed, Mami". "Tengo hambre, Papi". Mis padres y yo dormimos abrazados. El saco de Papi y mi saco

nuevo que unos días antes habíamos portado con tanto orgullo en el parque Placita era nuestro único cobijo.

<<Cuando fui prisionero de guerra y me acosté en el piso de las barracas donde un hombre se abrazaba a otro para protegerse del frío, pensé en aquella noche que dormí sobre las vías del tren. No podía dejar de pensar que lo que mis padres y aquellas familias y yo habíamos vivido aquella noche oscura había sido un tipo de preparación para Stalag IX-B y Berga y hasta para las madrigueras en las que estuve durante la Batalla de las Ardenas.

<<A la mañana siguiente nos despertamos a un mundo diferente al de las calles de Los Ángeles. Hacía calor. La tierra era árida y sólo había un árbol de mesquite. Había muy poca agua y comida. No teníamos idea de dónde estábamos. Sólo sabíamos que la única forma de sobrevivir era el seguir las vías del tren en la dirección desde la cual habíamos llegado.

<<Antes de partir, la gente recogió sus cosas de los baúles y maletas que habían quedado destrozados y tirados por todos lados antes de partir. Así les pasaría a los judíos en los campos de concentración donde sus maletas habían quedado apiladas una encima de otra, las fotos de sus seres queridos por aquí y por allá como si no le importaran a nadie.

<<El haber visto esas fotos esparcidas por todos lados en el suelo cuando era niño me había impactado para el resto de la vida, pero eso no se acabaría allí. Los

vería no una vez, m'ijo, sino dos veces, como niño y como prisionero de guerra.

<<En los próximos dos días caminamos, así como lo hicimos los prisioneros de guerra en la marcha de la muerte. Cuando me cansé de caminar en esa marcha y creía que no podía dar un paso más, pensaba en mi madre y en las palabras que me había dicho cuando tenía ocho años: "Tomás, sé fuerte, sigue caminando. Ten fe en Dios. Él nunca te pone un obstáculo que no puedas superar".

<<Al día siguiente por la tarde, apareció un tren en las vías. El ingeniero del tren, un mexicano, nos vio y paró. Nos dijo que tuvo suerte de haberse encontrado con nosotros, que las vías ya no estaban funcionando, que él y sus trabajadores iban hacia el final para deshacerlas.

<<Mi padre y los otros le preguntaron al ingeniero, "¿Nos puede ayudar, por favor? Le daremos todo el dinero que traemos". El ingeniero dijo, "con gusto. No me tienen que pagar nada". Con la ayuda de sus trabajadores subieron al tren a todas las personas que pudieron, y luego volvieron por el resto antes de que se puso el sol.

<<No hay mejor sensación en el mundo que saber que alguien te haya salvado, m'ijo. He tenido la bendición de experimentar ese sentimiento dos veces en mi vida. Dos, definitivamente han sido demasiadas.>>

La historia de Papi me dejó congelado. No sabía qué decir. Cómo disculparme por sentir que lo empujé

para que me contara una historia que no estaba listo para compartir.

—Papi —finalmente dije—, no tiene que continuar con la historia.

—No, Tomás —dijo suavemente—, es una historia que ya debe contarse.

Allí sentados, de repente me di cuenta que mi padre por fin estaba listo para contar su historia, pero yo no estaba listo para oírla.

—Papi —dije—, a lo mejor la puede terminar mañana.

Era divertido, pero Papi parecía saber que yo no estaba listo para oír el resto de la historia. —¿Me dirás —preguntó—, cuando estés listo para que oírla?

—Sí, Papi.

—¿Me lo prometes?

—Sí —contesté—, se lo prometo.

Papi se quedó sentado, callado, y luego se paró y caminó al jardín. De un momento a otro me di cuenta que ahora me tocaba a mí llorar como Papi lo había hecho. Era la primera vez que lo hacía desde que era niño.

CAPÍTULO 12
El tatuaje

En los próximos dos días Papi y yo trabajamos en silencio en el jardín. No hubo juego de Uno, dos, tres calabaza, no compartimos cuentos ni chistes, no hablamos sobre lo que nos había pasado durante el día o sobre los planes del futuro, no nos preguntamos sobre el clima o la cosecha del año. Sólo se oía el zumbido ocasional de una abeja o veíamos una mariposa monarca que pasaba para recordarnos que no estábamos solos.

Por fin estaba listo para que Papi me contara el resto de la historia, pero no sabía cómo decírselo. Recuerdo que en ese momento volví a sentirme como aquel niño de hacía tanto tiempo que no sabía cómo preguntarle a su padre sobre las pesadillas, el que no sabía cómo decirle que quería ayudarlo, que quería ayudarle a cargar el sufrimiento, decirle que lo amaba.

Estaba parado allí, a unos cuantos pies de él. El número en el brazo estaba a plena vista, moviéndose con cada golpe que le daba a la tierra. Yo deseaba

regresar en el tiempo para borrar lo que había sucedido. Deseaba convertir la historia que tanto tiempo le había tomado para contarme en un cuento de hadas para un niño de cuatro o siete años. Pero lo que más dificultaba este momento era el descubrimiento de que la vida no era un cuento de hadas. A veces las historias sobre la vida de uno son como las pesadillas, y no se le revelan a uno hasta que no estamos listos para enfrentar los terrores.

—Papi —susurré—, estoy listo para oír el resto de la historia.

Sin preguntar si estaba seguro de esa decisión, Papi retomó el hilo de la historia.

—Mis padres y yo eventualmente llegamos a Durango, donde la familia de mi padre nos ayudó a encontrar un lugar donde vivir sin ningún problema. Yo empecé la escuela luego luego.

<<A veces iba con mi madre a cuidar de las personas que estaban enfermas y que no tenían dinero para ir al doctor o vivían lejos de una clínica u hospital para recibir atención médica. La mayoría de ellos eran ciudadanos o residentes permanentes de los Estados Unidos cuyos pasaportes o actas de nacimiento habían sido confiscados por las autoridades estadounidenses, así es que no tenían forma de comprobar que eran americanos.

<<Una vez mi madre y yo pasamos la noche en un pueblo al sur de Durango. Allí los niños apenas tenían

para comer, no tenían en donde dormir sino debajo de unos pedazos de lonas para cobijarse. No había agua potable ni electricidad. Para hacer del baño usaban un hoyo en el patio y pedazos de papel para limpiarse. No había ninguna de esas cosas que esas familias habían tenido en abundancia cuando vivían en casas que rentaban o estaban comprando en los Estados Unidos.

<<Mientras estaba acostado sobre el suelo congelado de las barracas de Stalag IX-B y muriendo de hambre en Berga, usando un baño con nada más que heno y tierra para limpiarme, usando la única ropa que llevaba puesta cuando me capturaron, una ropa que estaba sucia y apestosa, rezaba por aquellas familias en México. Para que ellas sobrevivieran el infierno que yo había aguantado porque, como yo, ellos eran seres indeseables.

<<Después de vivir en Durango por cinco años, mi padre se recibió como ingeniero mecánico y mi madre como médico. Cuando estaban estudiando, ellos consiguieron visas y esperaban que al terminar con sus estudios pudiéramos todos regresar a California. Yo tenía doce años, estaba a punto de cumplir trece cuando estábamos listos para volver. Antes de irnos de México en 1936, Papá tuvo que hacer una cosa más. Él, junto con algunas otras personas que habían sido deportadas y quienes habían escondido sus pasaportes, decidieron tatuarse el número del pasaporte en el

brazo y en los brazos de sus hijos. De esa forma, si alguna vez les robaran o quitaran los pasaportes, ellos tendrían pruebas de que eran americanos. Mi padre decidió que como yo era americano, que yo también debería hacerme el tatuaje.

<<Cuando mi padre le dijo a mi madre lo que estaba planeando, ella lloró, "¡No! ¡No voy a permitir que mi hijo que se tatúe!" Mi padre gritó que ella no tenía nada que opinar sobre el asunto, que él era el hombre de la casa y ¡que la decisión era solamente de él! "¡Mi hijo es nacido en Estados Unidos" mi padre gritó, "¡Tendrá el número de su pasaporte tatuado en el brazo como prueba de que es ciudadano americano para siempre!"

<<Mi madre le dijo que si ejecutaba su plan, sólo me verían como un número, no como un americano. "Un número" le advirtió, "se puede borrar fácilmente, pero un nombre no".

<<"Pero los americanos" gritó mi padre, "tendrán que escuchar a mi hijo cuando él les diga que es americano. Si no lo hacen, ¡todo lo que tiene que hacer es mostrarles el número en su brazo!"

<<A la mañana siguiente, mi padre y algunas de las otras personas se tatuaron el número en sus brazos y los de sus hijos. Mi padre y yo hicimos lo mismo. Mi madre lloró toda la noche antes de que el tatuaje apareciera en mi brazo y lloró cuando volvimos y vio que yo traía el

brazo hinchado y rojo. Le dijo a mi padre que nunca le perdonaría el dolor y sufrimiento que me hizo pasar>>.

—¿Y usted, Papi? —pregunté—. ¿En qué pensaba?

—Que estaba en medio, m'ijo, como que no sabía quién tenía la razón. Durante la noche, cuando me dolió el brazo, lloré. Lloré no sólo porque mis padres habían discutido sino también porque el país que yo amaba, los Estados Unidos, me había abandonado. Le tenía que demostrar, comprobar que yo merecía estar allí. Cuando llegó la guerra, supe que ésa era mi oportunidad para hacerlo. Comprobarle a la nación y a todos los americanos que yo pertenecía a ese país, que todos los méxico-americanos pertenecemos a los Estados Unidos y que merecemos llamarnos americanos.

<<Al tratar de dormir esa noche, me preguntaba por qué tenía que comprobar eso. No lo sabía, pero sabía que era algo que debía hacer.>>

Mi padre señaló su brazo y dijo cada número en voz alta: 2-7-0-1-6. —El número de mi pasaporte; hasta para eso había razón. Fue ese número, el número de mi suerte, el que me salvó el día cuando el capitán general de la SS me interrogó. Me estaba golpeando y picando con agujas debajo de las uñas de las manos . . . Agujas . . . Agujas que dolían poco en comparación con la aguja del instrumento que se usó para tatuarme.

<<Cuando vio el número en mi brazo me preguntó si había estado en un campo de concentración antes del

Stalag IX-B y que si en verdad era americano, o mexicano, o tal vez judío queriendo pasar por mexicano.

<<Le contesté que no y luego le di mi nombre, rango y número de serie. Mi respuesta lo enfureció. Me dio un culatazo en la cabeza con el rifle. Me amenazó con matarme a la cuenta de tres si no le dijera de dónde era ese número. Cuando contó al dos, le dije que era el número de mi pasaporte, que mi padre me lo tatuó en el brazo cuando era niño para comprobar que yo era estadounidense.

<<El capitán general se empezó a reír tan fuerte que casi lo puedo oír ahora. Ordenó que me dejaran ir, diciendo: "Si eres tan estúpido como para luchar por un país que no te quería cuando eras niño, ¡quién soy yo para no dejarte vivir con la vergüenza de ser un hombre que está dispuesto a morir por un país que no lo quiere!"

<<Pero sabes qué, m'ijo, aprendí a vivir con los insultos, hasta con los que recibí del capitán general y los de algunos americanos cuando volví a los Estados Unidos. Era como esos judíos . . . los que eran familiares de mi mejor amigo, Murray . . . aquellos que regresaron a Alemania a vivir en su país. Nadie tenía el derecho de quitarles su tierra. La tierra donde sus padres o ancestros habían llegado en busca de una vida mejor. Era suya, y nadie tenía el derecho de quitársela.

<<Lamentablemente es cierto que no necesitaba el tatuaje en mi brazo>>.

—¿Fue entonces cuando murió mi abuela? —le pregunté.

—Sí —contestó—. Estábamos a unas semanas de irnos cuando mi madre se enfermó de una pulmonía y falleció. Mi padre no culpó por su muere al trabajo de caridad que hacía con los pobres. Él culpó a los Estados Unidos. Él odiaba a los Estados Unidos y dijo que nunca volvería, aunque le pagaran. A través de los años, conforme fui madurando de trece a catorce, quince, aprendí a no decir nada sobre los Estados Unidos de América, porque si lo hacía, mi padre me daba cintarazos.

<<¿Qué podía hacer? ¿Pegarle de vuelta? Eso no era aceptable.

<<No regresé a los Estados Unidos hasta los diecisiete y listo para entrar al ejército. Cuando mi padre se enteró de mi plan, se rio y dijo que era un tonto por defender un país que nos había corrido y que era culpable por la muerte de mi madre. Me dijo que si me alistaba, que no volviera a dirigirle la palabra. Que yo estaba muerto para él.

<<Mi padre honró su palabra y no me volvió a hablar. Un día, uno de mis tíos me llamó para decirme que mi padre se estaba muriendo, que quería hablar conmigo. Yo ya tenía tiempo de haber regresado a California. Tú tenías unos tres años.

<<Tu madre y yo decidimos viajar a Durango para verlo antes de que se muriera. Me da gusto saber que

mi padre te haya concocido. Hasta te sentaste en su regazo. Tú y tu madre también conocieron a mi madrastra, Carmen. Cuando me quedé solo con mi padre, me pidió disculpas por la forma en que me había tratado. Me pidió perdón.

—¿Qué le respondió?

—Lo perdoné. Él murió una hora después. Desapareció todo el odio que había cargado en mi corazón contra él y los nazis por el daño que nos habían hecho a mis hombres y a mí, y a los millones de personas inocentes que mataron. También desapareció el resentimiento que sentía contra mi país por lo que nos había hecho a mi familia y a mí. Era un resentimiento que hasta ese momento no me había dado cuenta que estaba en mi corazón.

<<Pero esas cosas llegan en su momento, m'ijo, cuando estamos listos.>>

Me senté por un largo tiempo hasta que por fin dije: —Gracias, Papi, por contarme el resto de su historia.

Me sonrió y dijo: —Me hubiera gustado habértelo contado antes.

Sólo me faltaba una pregunta, pero no sabía cómo hacérsela, así que me quedé callado.

—¿Qué pasa? —preguntó Papi.

—No es nada —contesté.

—Por si no te has dado cuenta —dijo Papi, sonriendo en grande—, tengo cuarenta y tres años. No hay nada que me puedas decir que me sorprenda.

—¿Papi —pregunté— podemos hacer un trato?

—¿Un trato? Quizás.

—No más secretos, ¿de acuerdo?

—Ya no tengo más secretos —dijo—, sólo recuerdos. —Luego agregó—: Ándale, tenemos que encargarnos del jardín.

Me levanté, y antes de volver al jardín, nos dimos un abrazo fuerte.

—Estoy orgulloso de ti —dijo Papi—, y te amo.

—Yo también lo amo, Papi —dije.

Mi papá soltó un suspiro y todo el peso de su cuerpo cayó en mis brazos.

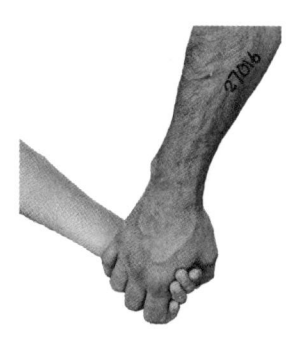

EPÍLOGO

La esperanza de mi padre

Ahora estamos en el año 2018. Mi padre nunca volvió a guardar secretos de mí o de mi madre. Cuando lo necesitaba, mi padre compartía recuerdos dolorosos sobre la guerra y el tiempo que vivió en México cuando era niño, así como momentos alegres de la historia de su infancia. El recuerdo más grande está adentro de la caja que me regaló antes de morir, cuando yo tenía sesenta y siete años y él noventa y cuatro. Era una caja de metal parecida en tamaño y forma a las otras dos.

Cuando pienso en el día cuando me dio la caja, recuerdo que traté de aligerar el momento al decir que algún día me encontraría otra caja enterrada en su jardín o escondida debajo de su cama.

Se detuvo y escuchó, luego con una sonrisa traviesa se alejó diciendo: —Puede ser, puede ser.

Esperé un momento antes de abrir la caja de recuerdos de mi padre, probablemente la última. Antes de abrirla, llamé a Jessica. Sí, la misma Jessica de la universidad, la prepa y la secundaria. Para entonces

ya habíamos estado casados por más de cuarenta y cuatro años. Teníamos nuestra familia: dos hijos y una hija. Ya todos estaban crecidos y tenían sus propias familias.

Ese día le dije a Jessica que mi padre me había dado una caja de recuerdos. Luego le dije que la llevaría a casa para que juntos la abriéramos.

—No —me dijo—, tienes que hacer eso solo. Tú tienes que estar solo con esas cosas que tienen tanto valor para tu padre.

No discutí, porque sabía que tenía razón.

Oré dando gracias y abrí la caja. Adentro encontré una foto de él con sus padres vestidos elegantemente enfrente de su casa en San Bernardino. También había fotos de él y sus compañeros de clase desde kínder hasta quinto. Debajo de las fotos había pequeños certificados de reconocimiento por su trabajo en lectura, escritura y matemáticas. Después vi dos fotos, una de él y de mi madre cuando eran jóvenes, y otra de él, mi madre y yo. Yo era bebé y estaba en los brazos de mi madre. Debajo de ésta encontré el pasaporte de mi padre. En la parte de arriba de la primera página estaba su número de suerte: 27016. La foto del pasaporte era de él cuando era niño. Enseguida de la foto mi padre había escrito, "Yo, cuando salí de México. 8 años".

Al fondo de la caja había dos hojas de papel doblada. Una era la copia de su acta de nacimiento y la otra

su documento de baja honorable del ejército. Entre las hojas de papel había cuatro fotos y un artículo. En una de las fotos estaba mi padre de dieciocho años posando al lado de una bandera de Estados Unidos para la foto oficial del ejército, y la otra era la de una señora con una bata médica. Era una mexicana bella y orgullosa, mi abuela. Detrás de la foto, Papi había escrito: "Mi mamá, Dra. Esmeralda Acevedo". En las últimas fotos había hombres, mujeres y niños parados en una cola con maletas en las manos. Detrás de cada foto Papi había escrito: "¿Cuál de estas fotos es de mexicanos y méxico-americanos esperando subir al tren y cuál es de judíos?"

El último artículo era el primer documento que se había escrito sobre las experiencias de Papi en la guerra. Se había publicado inmediatamente después de que hablara con mi clase en mi último año de prepa. En el artículo Papi habló sobre su tiempo en Stalag IX-B y Berga. Al final Papí había subrayado algo que le había dicho al reportero. La cita decía: "Espero y rezo para que los americanos, y el mundo entero, recuerden que los que no aprendan de su historia serán condenados a repetirla".

Desde la muerte de mi padre el 11 de febrero del 2018 he viajado por todo el país compartiendo su historia. Hablo sobre su detención como prisionero de guerra, de cómo sobrevivió en el campo de concentra-

ción y de la deportación de él y de su familia, pero sobre todo, hablo de su eterno amor para los Estados Unidos y de que fue el mejor padre que pudiera tener un niño.

Como parte de mi presentación muestro las fotos que me dejó. Cuando creo que es el momento oportuno, comparto las dos fotos de las familias listas para abordar el tren de carga. Las muestro una al lado de la otra. Luego pregunto: "¿Cuál foto muestra a los judíos y cual a los mexicanos o méxico-americanos?"

Dejo que piensen en la respuesta por un minuto y luego muestro otras dos fotos, una al lado de la otra. Les explico que una de las fotos muestra el tatuaje en el brazo de un sobreviviente judío de un campo de concentración y la otra del brazo de Papá. Al final termino con las palabras que me dejó mi padre: "Espero y rezó para que los americanos, y el mundo entero, recuerden que los que no aprendan de su historia estarán condenados a repetirla".